Guerre en Haute Mer

Un roman sur la Seconde Guerre Mondiale

RICHARD G. HOLE

Guerre en Haute Mer

Un roman sur la Seconde Guerre Mondiale

Richard G. Hole

La Seconde Guerre Mondiale

RÉSUMÉ

Il n'a pas fallu longtemps pour couler.

Il l'a fait avant la corvette, dont une partie de la structure apparaissait encore au-dessus de l'eau et la vitesse n'a pas laissé à tous ses hommes le temps de sortir de la coque, ce qui les a entraînés au fond de l'océan.

Des dizaines de bateaux flottaient désormais sur l'eau.

Tout le monde, ami et ennemi, sans distinction, ramait furieusement vers les garde-côtes, mais ce dernier était absorbé dans son combat avec le deuxième sous-marin pour pouvoir s'occuper d'eux.

Guerre en Haute Mer est une histoire appartenant à la collection Seconde Guerre mondiale, une série de romans de guerre développés pendant la Seconde Guerre mondiale

GUERRE EN HAUTE MER

Depuis le pont de commandement du Candell, James Hunter, capitaine des garde-côtes, regarda autour de lui.

Dès que l'œil put l'atteindre, s'étendit l'immense convoi composé de cinquante navires qui, suivant la route de Mourmansk, traversa l'Atlantique Nord, à la demande de ce port russe.

C'était la fin de l'après-midi et un vent léger venant de la côte groenlandaise ondulait la surface de l'océan.

Les garde-côtes, qualifiés pour ces tâches en raison de la pénurie de navires de guerre, dont la présence était nécessaire sur d'autres théâtres de guerre, traversèrent courageusement le secteur de la partie gauche du convoi qu'ils étaient chargés de surveiller.

James dirigea ses jumelles au loin et, remarquant à peine son numéro, se mit à siffler.

« Êtes-vous heureux, capitaine ? Demanda Bruce Deut, le commandant en second.

« Franchement, oui, » répondit-il. Nous avons fait la moitié du voyage sans que rien ne se passe. Bien qu'il soit trop tôt pour crier victoire, je pense que cette fois nous pourrons éviter ces maudits sous-marins allemands.

Deut s'appuya contre la balustrade et souffla de la fumée de sa pipe noire.

« Il n'est pas trop tard pour la danse, dit-il. Attendez que nous approchions des côtes norvégiennes. Ces pirates ont leur nid là-bas et ils ne nous laisseront pas passer sans nous faire bouger un peu au rythme qu'ils nous touchent.

James hocha la tête. Il savait trop bien que les paroles de Deut étaient vraies. Il n'y avait pas un seul convoi qui puisse se vanter d'avoir passé la Norvège, sans avoir subi de pertes et ils n'allaient pas faire exception.

« Je sais, répondit-il, mais on aime toujours à penser que le meilleur va arriver. Et le mieux dans ce cas serait qu'une tempête régulière éclate, obligeant ces maraudeurs à rester dans leurs abris.

"Peut-être que Dieu vous entendra et nous aurons un voyage tranquille", a répondu Deut.

Il était légèrement plus âgé que James, bien que moins grand et trapu, et la barbe blonde qui s'enroulait sur sa mâchoire inférieure contribuait à une apparence beaucoup plus respectable.

"Je ne vois rien," dit James en baissant les jumelles.

Deut sourit avec humour.

"Je vous assure que s'ils arrivent, ils ne passeront pas leur carte de visite avant", a-t-il répondu.

Pendant le reste de l'après-midi et de la nuit, ils ont navigué en toute sécurité vers l'est, et en milieu de matinée, ils ont repéré une ligne en lambeaux, sur laquelle James a de nouveau dirigé ses jumelles.

« La Norvège en vue » dit-il à Deut qui venait d'apparaître à ses côtés.

"Et annonce de dégoût", répondit ce dernier.

Cependant, le premier avertissement pour se préparer au combat n'a été reçu à bord du "Candell" que dans l'après-midi du même jour, lorsque les côtes accidentées de la Norvège étaient déjà visibles avec une certaine clarté.

L'opérateur radio à bord se présenta à James, tenant un morceau de papier, qu'il tendit à son capitaine en disant :

« Cela vient du commandant du convoi.

Hunter a lu le message. Le commodore Crayton annonce qu'un des navires éclaireurs a aperçu un sous-marin ennemi à vingt milles au sud et lui ordonne de se détacher du convoi pour enquêter.

« Allons-nous seuls ? » Demanda Deut.

"Je ne sais pas," répondit James. Mais, si oui, Dieu nous aide, si plusieurs sous-marins se sont rassemblés pour nous attaquer.

Il donna les ordres appropriés et le petit navire changea de cap, se dirigeant vers le sud avec sa belle étrave.

"Le calme est fini, Deut," dit-il.

"C'est mon opinion. Et je pense que les cent cinquante hommes de l'équipage sont d'accord avec nous.

"Je suis content d'une telle unanimité," répondit James.

Quelque chose allait arriver. C'était sûr. Ils n'avaient toujours aucune nouvelle qu'un sous-marin allemand avait fui la bataille alors qu'il avait même cinq pour cent de chances de faire des dégâts en sa faveur.

Dix minutes après avoir quitté le convoi, alors que les silhouettes des navires qui le composaient étaient encore visibles au loin, James et Deut détournèrent simultanément les yeux de la mer, pour la déplacer vers le ciel, attirés par le bruit qui y résonnait. .

"Je mange le canon, si ce n'est pas un avion" dit Deut.

Il jouait de son côté avec tous les avantages. L'appareil était parfaitement visible au loin. Sa masse noire se détachait dans le ciel bleu, traçant des cercles qu'elle interrompait de temps en temps pour se lancer sur quelque chose dans l'eau.

James l'attrapa dans le cercle visible de ses jumelles et annonça :

« C'est un bombardier de la RAF. Et, soit je me trompe, soit il attaque notre sous-marin.

"Eh bien, au moins nous aurons de l'aide, si les choses tournent mal", a déclaré Deut avec philosophie. Commande de jouer au zafarrancho ?
"Oui.

Les cloches commencèrent à se faire entendre dans tous les coins de la canonnière et, obéissant à son appel, tous les hommes qui composaient l'équipage du navire accoururent à leurs postes.

A mesure qu'ils avançaient vers l'endroit où l'avion combattait son rival, les compartiments étanches se refermaient.

Les responsables du largage des bombes de profondeur, les artilleurs et les équipes de réparation ; ils attendaient le moment, le visage tendu.

Ils étaient déjà à peu de distance du point où devait se trouver le submersible, mais ils n'en pouvaient percevoir la moindre trace. Le bombardier se dirigeait vers le sud, mais au lieu de cela, deux corvettes anglaises les accompagnant pour protéger le convoi naviguaient à pleine vitesse à droite du « Candell ».

"Bonne nouvelle," répondit James. Vas-y!

Le sous-marin semble avoir été avalé par la mer.

Pendant plus d'une heure, ils ont exploré les environs en vain. Enfin Deut dit :

"Eh bien. Nous l'avons perdu.

Le garde-côte tourna sur ses hanches, se dirigeant vers le convoi à plein régime, mais ils avançaient à peine d'un demi-nœud que les vigies poussèrent un cri d'avertissement.

L'officier marinier Cawston courut vers James avec enthousiasme.

— Un sous-marin à la surface, monsieur, dit-il. Derrière nous.

Encore une fois, la cloche a sonné pour demander à l'équipage de sortir. James a ordonné de se retourner et a concentré ses jumelles sur le submersible, mais avant que les artilleurs n'aient pu tirer, il a de nouveau submergé.

Cependant, ce n'était pas la raison pour laquelle le "Candell" a quitté le terrain.

« Allez ! Plein gaz », ordonna Hunter.

En quelques minutes, ils étaient à l'endroit où l'ennemi avait submergé.

"Commencez à jeter les charges", ordonna James à Deut.

Les énormes grenades sphériques ont commencé à être projetées par la catapulte, soulevant d'énormes jets lorsqu'ils ont touché l'eau.

Une douzaine d'entre eux ont été lancés lorsque le télégraphe s'est de nouveau approché de James, qui surveillait la manœuvre depuis la passerelle de commandement.

Le nouveau message est venu d'une des corvettes anglaises naviguant à une jonction dans le Candell. Apparemment, il attaquait, avec son partenaire, un autre sous-marin qu'il avait découvert avec son dispositif de détection.

"Il est déjà deux" murmura James

Il donna à nouveau l'ordre de faire demi-tour et se lança vers l'endroit où les deux corvettes lançaient des grenades sous-marines dans l'espoir de faire sauter le submersible, les rejoignant dans la tâche.

Dix minutes plus tard, alors que l'obscurité était presque complète, des taches d'huile sont apparues entre la surface mousseuse de la mer, enlevée par les charges.

"Un ennemi de moins", dit Deut.

Pas une seule lumière n'avait été allumée sur le navire. James jeta un coup d'œil à sa montre, vérifiant qu'il était neuf heures du soir. Il s'attarda encore un moment à la recherche de nouveaux ennemis et finit par ordonner au convoi de s'incliner.

Pendant dix minutes ils naviguèrent à toute vitesse, tandis que les commentaires joyeux de l'équipage se faisaient entendre, mais le combat n'était pas encore terminé, loin de là.

Soudain, une énorme tache de lumière blanche sembla émerger de la mer. James pressa ses doigts contre la rambarde du pont et s'exclama :

« Bon Dieu, Deut ! Ils attaquent le convoi.

La lumière augmentait en intensité et en volume, attirant les regards des deux marins qui la fixaient silencieusement et d'un air maussade.

Des crashs d'explosions lointaines ont commencé à atteindre le "Candell".

Les bangs des coups de canon se mêlaient aux explosions des torpilles et la scène était illuminée par un pétrolier déjà en feu et par les fusées éclairantes lancées par les navires d'escorte pour mieux combattre les assaillants.

Il ordonna de mettre les machines à la pression maximale et les deux goélettes furent bientôt derrière, mais avant que les garde-côtes puissent atteindre le lieu du combat, un autre message fut reçu du convoi.

Ses craintes n'étaient pas sans fondement. Celui-ci était attaqué par au moins une douzaine de sous-marins allemands. L'un des navires qui le composait avait pris du retard et l'ordre du « Candell » était de veiller à sa protection.

"Je n'aime pas du tout ça," marmonna James. Je préfère défendre le convoi.

L'écume de l'océan sembla bouillir sous la quille du « Candell » lorsque le cap fut à nouveau modifié, et une demi-heure plus tard, ils étaient en vue du navire qui suivait, à quelque six milles du convoi.

Pendant la nuit, ils se sont rapprochés de lui. Il a dû subir des pannes majeures dans l'un de ses moteurs, car il avançait à peine au tiers de sa vitesse normale. James a contacté son capitaine et ensemble ils ont continué leur voyage.

« Que va-t-il se passer plus loin ? Demanda Deut.

Ils ne pouvaient pas savoir. Ils étaient trop loin du convoi même pour entendre les explosions des projectiles. Seule une faible lumière, s'élevant à la surface de l'océan avec des apparences fantomatiques, leur a dit que le navire touché, probablement un pétrolier, brûlait toujours.

Peu avant l'aube, ils l'atteignirent, mais à ce moment-là, le navire avait coulé, bien que l'eau mélangée à l'huile grésillait encore ici et là.

James fronça les sourcils. La lenteur imposée par le navire marchand les avait laissés seuls à la surface de la mer. Le convoi s'était éloigné et ils n'en avaient pas la trace.

« Quel bulletin de vote, grogna-t-il.

Si les sous-marins allemands avaient réussi leur attaque, il était possible qu'ils se soient éloignés des lieux du combat, satisfaits des résultats.

Mais dans un autre cas, peut-être auraient-ils laissé quelques unités explorer la mer. Et ils étaient là, accompagnant ce malade des mers...

Lorsqu'elle leva les yeux vers lui, elle vit une énorme colonne d'écume s'élever dans l'eau à côté du navire qu'ils escortaient.

"Une torpille !" Il murmura. Nous sommes prêts!

Bientôt, ils ont également été attaqués. Une deuxième torpille a déchiré un large cratère dans l'eau du côté du Candell, ne le touchant pas à moins de vingt mètres.

Tout le personnel est resté à son poste, le visage tendu.

Maintenant, James était sûr qu'ils ne seraient pas attaqués par un sous-marin seul, mais il faisait attention à ne pas communiquer ses soupçons aux autres, afin de ne pas les démoraliser et seul Deut participait à leurs peurs.

— J'ai compris, répondit-il avec le plus grand calme. « Nous sommes entrés dans une mauvaise passe.

Une nouvelle torpille a creusé un sillon dans l'eau, mais est passée derrière les garde-côtes. A ce moment les vigies donnèrent la voix de :

« Sous-marin à tribord !

Il y avait le pirate des mers, à moitié submergé. Dans la lumière incertaine de l'aube, sa tourelle et le sillage qu'elle laissait derrière lui étaient visibles.

Le "Candell" était sur lui à la vitesse de l'éclair. Le sous-marin a fui le combat et dès que deux coups de canon ont explosé à côté de lui, il a submergé.

Mais il était condamné. Les garde-côtes ont plané au-dessus de lui et les grenades sous-marines ont été réinstallées.

Quelques minutes plus tard, James sentit l'huile, annonçant qu'un deuxième sous-marin avait été coulé par le "Candell".

Une telle chance serait-elle possible ? s'est-il demandé.

C'était le troisième sous-marin que les garde-côtes attaquaient en douze heures et la chance ne s'était pas encore lassée de leur montrer son visage.

Une heure plus tard, le détecteur de son a indiqué qu'un autre submersible planait autour de ces endroits.

James observait l'oscillation de l'aiguille de l'instrument blessée par le bourdonnement du moteur du sous-marin lorsqu'il entendit un mot d'avertissement ci-dessus :

"Périscope!

Suivi par Deut et le maître d'équipage, il gravit l'échelle à toute vitesse, à temps pour voir comment il disparaissait dans les eaux, laissant un tourbillon, comme seule trace de sa présence.

A son commandement, le "Candell" était sur lui, répandant la mer de charges, bien qu'ils ne puissent pas savoir s'ils l'avaient coulé ou non.

"Son casque est très dur s'il a réussi à résister à ce déluge d'explosions", a commenté Deut.

Le cinquième sous-marin les a rencontrés à midi. Il était à la surface, à environ cinq kilomètres de là, et James se tourna vers son second en s'exclamant :

« Il ne submerge pas. Pensez-vous que vous allez nous laisser derrière?

Lorsque le "Candell" vint vers lui, il fut convaincu qu'il n'en était rien lorsqu'il le vit couler à nouveau et qu'un autre ensemencement de grenades sous-marines fut effectué à l'endroit où il disparut de sa vue.

Le temps, jusque-là calme, a laissé place à un vent d'ouragan en milieu d'après-midi, sifflant à travers les équipements des garde-côtes, ralentissant.

James fit appeler Deut et Cawston, annonçant qu'ils étaient proches du convoi.

"Cependant, nous ne pourrons pas l'approcher avant la nuit", a-t-il déclaré. Si les deux derniers sous-marins n'ont pas été coulés, peut-être qu'ils nous suivront et nous les mettrons sur leur piste.

« Le convoi s'est-il arrêté ? » Demanda Deut.

« Seulement un tiers, pour récupérer l'équipage de deux navires qui ont été endommagés et ont dû être coulés. Je viens de recevoir un message du Commodore.

« Alors qu'est-ce qu'on fait ?

« Déformer le parcours de temps en temps, pour les induire en erreur.

Lorsqu'il commença à faire nuit, il inclina résolument la proue vers le convoi, suivi du navire marchand, qui ne quitta pas son abri.

"Regarde," fit remarquer Deut tout à coup.

De nouveau, la lueur blanche d'un feu de joie s'éleva devant ses yeux.

"Ils continuent d'attaquer le convoi," grogna James.

Le détecteur sonore annonce la présence d'un sous-marin dangereusement proche. James pouvait voir qu'à peine cinq cents mètres le séparaient de lui et le "Candell" se retourna rapidement pour les attaquer avec l'éperon.

"Les canons !" James foudroyé.

Alors que les garde-côtes couraient dans les eaux, les artilleurs ont commencé leur tâche.

Il était clair que le sous-marin avait été surpris en remontant à la surface. L'observateur avait probablement observé le convoi sans remarquer l'arrivée des garde-côtes et cela allait lui coûter cher.

Depuis le pont, James était ravi de voir qu'il s'agissait d'un navire de bonne taille avec une grande tourelle et des armes lourdes.

Les membres d'équipage ont été pris dans leurs jumelles. Ils se sont déplacés rapidement, essayant d'aligner l'un de leurs canons vers les garde-côtes, tout en criant d'avertissement.

« Ces mitrailleuses ! s'exclama James.

Une demi-douzaine d'entre eux, de gros calibre, balayèrent le pont du sous-marin, dont ils n'étaient séparés que de deux cents mètres.

James regarda l'action avec des yeux brillants d'excitation. A côté de lui, Deut mâchait nerveusement sa pipe.

« Ils sont à nous ! Il a dit.

Soudain, Hunter ressentit une vive douleur dans le dos et la joue droite et gémit. Deut se tourna vers lui et retira la pipe de sa bouche, voyant le sang couler sur le visage de son supérieur.

James devina qu'elle essayait de l'aider et serra les dents, essayant de se contrôler.

« Au calme » dit-il d'une voix sereine. Donnez-moi votre mouchoir.

Deut le lui tendit et James essuya le sang de son visage avec, puis le mit sur la blessure. Deut s'exclama avec enthousiasme :

« Descendez du pont, James.

"À présent?" Demandé celui-ci. N'y pense même pas...

Il serra les mains sur la balustrade et regarda le combat.

« Est-ce qu'ils nous attaquent par derrière, Deut ? » Il a demandé.

"Pas que je sache de.

« Alors, qu'est-ce qui m'a fait du mal ? J'ai l'impression que des dizaines d'épingles sont coincées dans mon dos.

Deut se retourna. Le bouclier d'un des canons était tombé, détaché par un projectile ennemi et les éclats arrachés par le tir étaient ceux qui avaient blessé James.

Le sous-marin a essayé de tourner alors que le "Candell" fondait dessus, mais l'éperon avant de la Garde côtière a porté un coup foudroyant, faisant tomber la moitié de l'équipage du navire au sol.

Lorsqu'ils se séparèrent du sous-marin, les canons tirèrent à nouveau sur lui à bout portant.

James sentit une douleur atroce dans son dos, mais il continua à donner des ordres sans quitter son poste, sentant mille éclats brûlants lui brûler la peau et la chair.

Il oublia la douleur en voyant son ennemi frémir, secoué par l'impact.

Une lumière a clignoté dessus pendant une seconde, puis il a disparu, et les hommes ont commencé à sortir du sous-marin, un par un, alors que le monstre coulait lentement.

« Ramassez les naufragés », ordonna-t-il.

Les marins allemands nageaient vers les garde-côtes, mais avant d'avoir pu atteindre leur côté, ils furent engloutis par l'immense remous produit par le naufrage du navire et disparurent absorbés par celui-ci.

James et les autres n'avaient pas beaucoup de temps pour le ressentir.

Le Candell gîtait à bâbord, et son capitaine apprit bientôt qu'il avait un trou de quatorze pieds dans son flanc, sous la ligne de flottaison, à travers lequel l'eau jaillissait.

Le vent avait diminué en intensité, mais il soulevait toujours de grosses vagues qui le mettaient en danger de naufrage lorsqu'elles battaient contre ses flancs.

James descendit à l'endroit où la faute avait été localisée. Deut, qui le suivait, remarqua soudain l'énorme tache rouge sur son dos et cria :

« Il faut se remettre entre les mains du médecin. Tu vas saigner.

"Laisse moi seul maintenant!" était la réponse.

Cawston avait déjà démarré les pompes de cale, mais malgré leur vitesse fulgurante, plus d'eau arrivait qu'ils ne pouvaient en tirer et le niveau a commencé à monter.

Cela arriva d'abord à leur cheville, puis leurs genoux étaient humides à cause de l'eau saumâtre de l'Atlantique.

— Il n'y a rien à faire, marmonna le maître d'équipage.

Soudain, la lumière s'éteignit et les moteurs s'arrêtèrent. James jura.

"Le pauvre 'Candell' s'est transformé en une bûche", a déclaré Deut.

« Et que tu le dises. Je ne sais pas si nous pouvons rester à flot longtemps.

Les pompes de cale continuaient leur travail dans l'obscurité, manœuvrées au bras.

Ce n'était pas le pire que l'eau continuait à monter lentement, mais l'incertitude. James savait très bien que le combat continuait et qu'à tout moment ils pouvaient recevoir une torpille qui mettrait fin aux souffrances du brave petit bateau.

Heureusement pour eux, il faisait déjà nuit et la visibilité était nulle. Vous ne le souhaitez pas, Deut l'a conduit à sa cabine quand il a remarqué que ses jambes se pliaient, et James était étendu sur le lit face contre terre.

Le Dr Barnet l'a dépouillé de ses vêtements d'une main habile et a examiné la plaie.

"Il faudrait un aimant puissant pour enlever autant d'épines qu'il y en a coincé", a-t-il déclaré. Cependant, je vais essayer.

Pendant une demi-heure, James passa les tortures de l'enfer. Le docteur piqua sa blessure avec des pincettes, et chaque morceau d'acier qu'il parvint à retirer coûta au marin un torrent de sueur.

À mi-chemin de la tâche, il a pris le mouchoir qu'il mordait de sa bouche pour demander à Deut comment se déroulait la manœuvre de cale.

"Nous avons réussi à combler une partie de l'écart", a-t-il répondu. Nous travaillons à la lueur des bougies, mais je pense que nous réussirons à rester à flot.

Enfin, Barnet a terminé la tâche. Lorsqu'il eut fini de le panser, James, dont le visage était pâle et déconcerté par la faible lumière de la bougie qui éclairait la cabine, s'assit sur le bord du lit.

Les heures passèrent lentement et doulourcusement, jusqu'à ce que la lumière de l'aube commence à filtrer à travers la fenêtre de la cabine, le faisant lever les yeux.

Et à ce moment, comme un présage de mort, alors qu'ils semblaient avoir triomphé, la voix d'un des hommes de l'équipage résonna au-dessus avec des trémolos d'angoisse, faisant sursauter son cœur.

« Navire en vue ! ça vient chez nous !

James gémit presque.

Elle se leva d'un bond, les lèvres pincées de détermination. Maintenant, plus que jamais, il était déterminé à se battre à bord du Candell jusqu'à son dernier souffle, jusqu'à son dernier missile, quel qu'il soit.

Soudain, elle sentit sa vision se brouiller et ses jambes se déformer.

« Barnet ! » Il a appelé.

Le docteur courait déjà vers lui, le soutenant. James passa un bras autour de ses épaules et dit d'une voix rauque :

« Emmenez-moi en haut.

Barnet a tenté de protester. D'épaisses gouttes de sueur froide perlaient sur le front du marin, dont le geste se fit plus décisif.

"Ne dites rien", a-t-il ajouté. Dessus.

Il était inutile de discuter avec un homme comme celui-ci, doté d'une volonté de fer malgré sa jeunesse.

Barnet a supposé qu'il traversait l'épreuve de l'enfer et n'a pas expliqué où il pourrait trouver la force de gravir l'échelle de fer et de monter sur le pont, avec leur aide.

Une fois là-bas, Deut est apparu à leurs côtés.

« Où est le navire ? » demanda James.

Deut lui a indiqué une certaine direction à tribord. James regarda sombrement la masse noire qui approchait rapidement et ordonna à son subordonné :

« Que l'artillerie soit prête à tirer immédiatement.

Alors que Deut relayait l'ordre, James concentra les jumelles sur le navire, qui avançait vers eux d'un air menaçant.

L'angoisse lui serrait la poitrine. Serait-ce un ami ou un ennemi ? Auraient-ils à se battre à nouveau, dans la condition du « Candell » ?

L'autre navire émergea enfin des volutes de brume qui l'enveloppaient, et son nom, écrit sur la poupe en lettres noires, devint parfaitement visible pour James.

"" Burza "" lire. « Deut ! » cria-t-il de joie. Ne tirez pas ! C'est le « Burza » ! Signalez-le.

Les drapeaux flottaient dans les airs. James baissa les jumelles.

Sans avoir besoin d'eux, il a pu voir le signal de réponse leur étant donné par le destroyer polonais et cela a suscité une clameur d'acclamations de la part de l'équipage des garde-côtes battus.

« Hé, Jacques ! Deut a crié d'en bas. Il vient à notre secours.

Le "Burza" était un destroyer polonais qui les aidait à escorter les convois. Lors de l'évacuation de Dunkerque, l'aviation allemande l'avait laissé sans étrave, mais, grâce à un effort surhumain de son équipage et à un miracle du Ciel qui lui permit de se maintenir à flot, il parvint à rejoindre un port anglais où l'on mit un nouveau arc.

Depuis, il traque les sous-marins allemands avec la même fureur que s'il s'agissait d'animaux maléfiques et avait un bilan digne de figurer dans les annales du capitaine de marine le plus ambitieux.

Le « Burza » manœuvrait adroitement, et fut placé à côté des garde-côtes et, avec l'aide de ses hommes, les dégâts purent être suffisamment réparés pour retourner aux États-Unis.

Le navire polonais les escorta pendant deux jours et deux nuits, jusqu'à ce qu'ils se retrouvent à la tête d'une mince corvette canadienne, qui le protégeait pendant l'arrivée du remorqueur qui devait les emmener aux États-Unis.

Enfin, les deux navires américains se rencontrèrent au milieu de l'océan. À ce moment-là, les blessures de James étaient en voie de guérison, et alors que la petite silhouette du brave remorqueur se profilait à l'horizon, il ne pouvait s'empêcher de haleter.

« Ciels, Deut ! Comme ils sont courageux ! Regardez comme ils osent sortir en mer dans cette coquille...

Ni lui ni Deut n'ignoraient que les submersibles germaniques venaient dans leur audace s'approcher des côtes américaines. De plus, certains d'entre eux avaient navigué en amont du fleuve Saint-Laurent.

Et pourtant les six ou sept hommes du remorqueur n'avaient pas hésité à prendre de tels risques ; conscient de ce que signifiait un navire de guerre à l'époque.

Le capitaine du remorqueur, un vieil homme qui fumait sur le pont aussi calmement que s'il promenait des touristes sur le lac Michigan, les a salués en agitant la main en l'air.

Aussitôt un câble leur fut lancé et le « Candell » fit ses adieux à la corvette canadienne, mais avant de se mettre en route, James présenta à ses officiers trois magnifiques dindes du réfrigérateur de la Garde côtière.

L'accueil réservé au « Candell » dans les chantiers navals où il devait être réparé était digne d'un navire de haut vol.

L'équipage entier a reçu un congé d'un mois et quand ils sont revenus à Philadelphie, le "Candell" a été réparé, tout neuf et comme neuf.

L'écart avait été comblé et les machines avaient fait du bon travail. Quand James y remonta, il regarda avec enthousiasme les cent cinquante hommes qui lui souriaient.

« Les garçons », leur a-t-il dit. Nous sommes toujours sur la liste noire d'Hitler et nous avons de grandes choses à faire. Je suppose que, comme moi, vous avez hâte de les revoir avec vos sous-marins, mais pour l'instant cela n'arrivera pas, car nous avons été affectés à un nouveau service plus reposé et plus proche de chez nous, mais pas sans risques.

Il y eut des murmures de curiosité de la part de ses hommes et James sourit.

— Dis-le maintenant, le pressa Deut, qui était à ses côtés avec les autres officiers.

"À partir de demain, nous patrouillerons la côte atlantique, de New York à Halifax", a déclaré James.

La plupart des membres de l'équipage ont accueilli la nouvelle avec joie.

Depuis plusieurs mois, ils aidaient de gigantesques convois à éviter le danger des sous-marins, avec de sérieux risques pour eux, et une saison de patrouilles reposantes, toujours près de la côte, ne leur paraissait pas mauvaise.

Et ainsi commença une nouvelle vie pour le "Candell" et ses hommes.

Pendant trois mois, ils ont patrouillé inlassablement le long de la côte, jusqu'à ce que tous ses ports, ses criques et ses méandres ne leur gardent plus un secret.

Boston, Providence, Portland, Nieuport et Portsmouth ont été régulièrement visités par le "Candell", sans aucune aventure digne de mention pendant ces quatre-vingt-dix jours.

Les hommes s'ennuyaient à bord et James lui-même avait envie de l'activité précédente, qui contrastait avec cette fille calme. C'est ce que Cawston, le maître d'équipage, a dit.

« On dit que les sous-marins allemands osent venir ici. Je ne vais pas les contredire, mais il semble que notre présence ait suffi à les chasser.

Il ne lui faudrait pas longtemps pour savoir qu'il n'avait pas raison.

Ce qui s'est passé, c'est que les submersibles ont préféré faire leurs victimes au large et plus près de leurs bases.

Mais lorsqu'ils se rendirent compte de l'énorme protection dont jouissaient les navires des formations, les capitaines audacieux ne manquèrent pas qui prirent pour objectifs les côtes de l'Amérique.

Le « Candell » a effectué une mission de patrouille au cap Sable, en Nouvelle-Écosse, où il a échangé des impressions avec le capitaine de la corvette canadienne qui patrouillait la côte canadienne.

À une de ces occasions, Henry Lawson, qu'on appelait le capitaine de la corvette, au cours de laquelle il lui fit savoir qu'une paire de sous-marins allemands avait été aperçue à l'embouchure du fleuve Saint-Laurent.

"Il n'est pas difficile de savoir ce qu'ils recherchent", a-t-il déclaré. Le lac Ontario est devenu un immense chantier naval où sont construits des navires « Liberty » de dix mille tonnes, qui rejoignent ensuite la mer par voie fluviale. Il ne fait aucun doute qu'ils sont de bonnes proies.

"Je pense que tu as raison," appuya James. Quoi qu'il en soit, c'est loin au nord de notre limite, mais si jamais vous vous trouvez dans un pincement, n'hésitez pas à nous appeler.

Lawson l'a remercié pour l'offre. Il avait à peu près l'âge de James.

Ses cheveux noirs, ses yeux perçants et son nez droit évoquaient une origine latine, probablement française.

Lorsqu'il quitta le Candell, Deut secoua la tête et dit :

« J'aime ce garçon. Il est serein et calme et fait partie de ceux qui donnent quelque chose à faire quand ils sont piqués.

Lawson salua depuis le bateau transportant sa corvette, le « Canadian », arrêté à une distance d'un quart de nœud, et les deux marins saluèrent en retour.

Le Canadien s'est éloigné d'eux en se dirigeant vers le nord. Deut, à son tour, demanda à James :

"Allons-y ?

"Il n'y a pas d'urgence", a-t-il répondu. Nous allons explorer la baie de Fundy.

La baie profonde s'est ouverte, déjà en terres canadiennes, entre le continent et la péninsule de la Nouvelle-Écosse. Le "Candell" est entré en elle, l'explorant à fond pendant deux jours, ne trouvant rien d'anormal.

Quand ils l'ont quitté, James a montré le désir de prolonger un peu son voyage normal vers le nord.

Alors ils ont escaladé la petite chose de la Nouvelle-Écosse et ont dépassé Halifax, continuant leur marche vers le nord. Peu de temps après, à Sherbrooke, James donne l'ordre de faire demi-tour.

Ils avaient à peine avancé d'un demi-nœud lorsque les yeux d'aigle de Deut se fixèrent sur un avion volant à haute altitude.

Les membres d'équipage de l'avion ont dû les voir aussi, alors qu'ils descendaient à grande vitesse et commençaient à tourner autour du « Candell ».

"Il est canadien", a déclaré James. « Que va-t-il nous vouloir ?

"Peut-être qu'il nous avertit que nous sommes dans ses eaux" répondit Deut.

"Je ne pense pas que ce soit ça.

Il ne lui a pas fallu longtemps pour voir qu'il avait raison lorsque le télégraphe lui a remis un message qu'il a dit qu'il venait de recevoir de l'avion. James le lut et le tendit à Deut en lui demandant :

"Que diriez-vous?

« Deux sous-marins attaquent une corvette canadienne au large de Louisbourg », lit-on pour la deuxième fois dans Deut. Pourquoi ne vous joignez-vous pas à la fête ?

« Serait-ce Lawson ? demanda James.

"Nous ne pouvons pas refuser une invitation aussi courtoise," répondit James. En revanche, c'est la première occasion de s'amuser qui nous est offerte depuis trois mois. Allons-y.

Le Candell fonce vers le nord à plein régime.

A peine un quart d'heure plus tard, le télégraphe entre en contact avec la corvette.

"C'est le 'canadien'", a-t-il déclaré à James, qui a suivi ses manipulations avec le plus grand intérêt.

Faites-lui savoir que nous venons à son secours.

Le télégraphe a demandé plus de détails et ils ont appris que la corvette avait découvert un sous-marin accroupi dans l'étroit bras de mer entre Terre-Neuve et l'île du Cap-Breton.

"L'équipage de l'appareil a parlé de deux sous-marins" a rappelé Deut.

"Eh bien. Nous le saurons bientôt.

La brise glaciale de Terre-Neuve leur a tailladé le visage. La mer était calme, mais les volutes de brume s'épaississaient à mesure qu'ils approchaient du lieu du combat.

Quelques minutes plus tard, le grondement des canons parvint à ses oreilles. À ce moment-là, la corvette lançait des messages de détresse urgents, montrant qu'elle était dans une situation désespérée.

"Plus vite !" rugit James.

Les machines du Candell fonctionnaient à plein régime.

Le navire se déplaçait rapidement, comme dans ses meilleurs jours, mais toute vitesse était trop lente pour l'impatience de James.

Soudain, les messages « canadiens » sont devenus de courts signaux de trois lettres, diffusés à intervalles réguliers.

"SOS... SOS...

« Cawston, » rugit James à travers le téléphone interne, « ne peux-tu pas obtenir plus de vitesse avec ce foutu bateau ?

"Je suis désolé, monsieur", répondit le maître d'équipage avec inquiétude. Nous allons éclater d'un instant à l'autre.

« Même si c'est le cas, augmentez la pression.

Le "Candell" volait. Les détonations des coups de canon sonnaient de plus en plus différemment, se détachant le plus nettement du bruit de l'air qui balayait le pont.

"La corvette ne tire plus", a déclaré James. Ils l'achèvent à coups de canon.

Deut hocha la tête. Il devait y avoir plus d'un sous-marin qui tirait sur le navire canadien, pour qu'il ait pu le vaincre. Soudain, la voix du gardien déchira l'air

« Je les vois, capitaine, s'exclama-t-il. Sont deux...

Les artilleurs étaient à leurs postes, prêts à utiliser les canons, et les serveurs de la catapulte des grenades sous-marines n'attendaient que l'ordre de passer à l'action.

Peu de temps après, le spectacle était visible de tous.

Le « Canadien » s'enfonçait lentement dans les eaux froides de l'océan.

L'avion l'a survolé ainsi que les sous-marins, mais ils l'ont tenu à distance avec leurs mitrailleuses anti-aériennes, en même temps qu'ils ont essayé d'accélérer le naufrage de la corvette avec leurs canons de pont.

« Au feu, Deut ! cria James. Essayez de bien viser.

Le barrage "Candell" fut la première nouvelle pour les équipages enthousiastes de sous-marins de sa présence dans leur dos.

Les projectiles soulevaient des jets d'eau à côté de l'un d'eux. À travers les jumelles, James pouvait voir les membres de son équipage se précipiter hors du pont pour plonger.

Il fallait se dépêcher pour ne pas le permettre.

Au fur et à mesure que les garde-côtes avançaient, leurs canons retentirent à nouveau et James poussa un cri de joie lorsqu'il vit qu'un des sous-marins avait été touché.

— La corvette coule, murmura-t-il, mais au moins nous la vengerons.

L'équipage du navire canadien s'est précipité en sécurité dans les bateaux.

Pendant ce temps, le deuxième sous-marin submergeait lentement et James a donné l'ordre de se diriger vers lui, sans cesser de tirer sur l'autre.

Il n'a pas fallu longtemps pour couler. Il l'a fait avant la corvette, dont une partie de la structure apparaissait encore au-dessus de l'eau et la vitesse n'a pas laissé à tous ses hommes le temps de sortir de la coque, ce qui les a entraînés au fond de l'océan.

Des dizaines de bateaux flottaient désormais sur l'eau. Tout le monde, ami et ennemi, sans distinction, ramait furieusement vers les garde-côtes, mais ce dernier était absorbé dans son combat avec le deuxième sous-marin pour pouvoir s'occuper d'eux.

Les grenades sous-marines commencèrent à tomber à l'endroit où il se trouvait quelques instants auparavant, celui-là. Une douzaine d'entre eux ont explosé à une courte distance l'un de l'autre, avant que James n'ordonne de revenir en arrière pour faire un nouvel ensemencement.

Pendant ce temps, les occupants d'une paire de bateaux du « Canadian », désormais coulés définitivement, avaient réussi à s'approcher du « Candell » et remontaient les flancs de la garde-côte, aidés de son équipage.

James scruta la surface de la mer. Le vent a augmenté en intensité par seconde et il n'a pas pu distinguer la tache d'huile attendue dessus. Deut abandonnait toujours les charges, mais il était clair qu'il était perplexe et désorienté. Enfin, il monta sur le pont.

"Ce salaud nous a échappé," grommela-t-il.

De nouveaux naufragés n'arrêtaient pas d'arriver au Candell James vit depuis le pont qu'Henry Lawson était l'un d'entre eux et en était content.

Ils ramassaient les occupants du seul bateau qui avait réussi à se détacher du sous-marin coulé, lorsque le guetteur s'est exclamé :

"Périscope à bâbord !

James lui lança un regard noir.

C'était difficile à croire, même si c'était vrai. Le sous-marin avait habilement manœuvré sous son nez, se plaçant presque derrière lui, dans une position magnifique pour lancer ses torpilles.

Une piste blanche s'allongeait dans l'eau vers le "Candell".

C'était du jamais vu. Sur cent sous-marins, quatre-vingt-dix-neuf se seraient précipités, profitant de la confusion qui a suivi les deux naufrages, mais ce fou a insisté pour se battre.

Bien. Ce ne serait pas lui qui l'arrêterait. Deut avait également remarqué la ligne menaçante de mousse et avait manœuvré adroitement, évitant la collision.

« Attention à la deuxième torpille ! » cria James.

Son avertissement était inutile. Le "Candell" remua lestement, mais ne put éviter l'impact et une horrible explosion le secoua, alors qu'il était sur le point de se lancer contre le submersible.

James a été jeté au sol, mais il s'est précipité sur ses pieds et est descendu sur le pont.

La torpille avait arraché un morceau de la poupe du Candell, à travers laquelle l'eau jaillissait.

Deut s'occupait du travail de le rétrécir en même temps que d'autres hommes évacuaient les blessés de cet endroit. James retourna sur le pont, grinçant des dents de colère.

Lawson était là et a commenté :

"Ça devient moche.

"Maintenant tu vas voir ce qui est bon," marmonna James.

Obéissant à ses ordres, le "Candell" se lance vers l'endroit où se trouve le sous-marin.

Il ne tira plus, pensant peut-être que la brèche suffirait à couler les garde-côtes.

L'engin, pour sa part, volait très près de l'eau et tirait de temps en temps ses mitrailleuses sur elle, indiquant l'emplacement du sous-marin.

"Charges!" cria James.

Les sphères redoutables ont recommencé à tomber. Leurs explosions étaient si intenses que le "Candell" sursauta spasmodiquement sans s'arrêter.

Il était impossible au submersible de résister à tant d'explosions et, enfin, lorsque l'air devint ouragan, soulevant des vagues menaçantes, la tache d'huile qui annonçait sa destruction apparut à la surface.

Ensuite, James a pu prendre en charge la situation.

Le Candell avait subi d'énormes dommages à la poupe. En fait, tout avait été arraché par les racines, mais heureusement Deut avait réussi à élever un mur avec des sacs de ciment jusqu'au dessus de la ligne de flottaison, en profitant des fers tordus.

"Mauvais," marmonna James. Le navire est surchargé.

En plus de son équipage normal, il emportait avec eux la centaine d'équipages de la corvette, ainsi qu'un équipage de prisonniers allemands du sous-marin, restés sur le pont bien gardés.

Salut, Lawson. Vous connaissez ces eaux mieux que moi », a-t-il déclaré. Quelle est la côte la plus proche ?

"Terre-Neuve", répondit le Canadien. Port Aux Basques n'est pas loin. Si on peut y arriver...

« S'il n'y avait pas ce satané vent...

Le « Candell » était un navire très navigable, mais dans ces conditions, mortellement blessé et surchargé d'hommes, il lui était très difficile de s'échapper en lieu sûr.

James Hunter et Henry Lawson étaient deux bons marins pour tenter de se leurrer. D'un seul regard ils se comprirent, mais d'un autre ils décidèrent de se battre jusqu'au bout.

Il était encore deux heures avant la tombée de la nuit, mais le brouillard planait sur les garde-côtes, augmentant l'angoisse de son agonie.

Les vagues s'accumulaient furieusement, lui heurtant les flancs, et le brave « Candell » rebondissait sur son dos écumeux comme une balle en caoutchouc entre les mains de garçons espiègles.

Sur le pont, les hommes s'accrochaient n'importe où pour ne pas être entraînés au large. En bas, Deut et ses hommes travaillaient dur, essayant de retirer une infime partie de l'eau qui y pénétrait du navire.

Heureusement, les engins répondent fermement et le « Candell » poursuit sa route vers le nord, espérant atteindre le petit port d'Aux Basques.

Dans le cockpit de la passerelle, James et Henry regardaient les masses grises de vagues en mouvement battre le navire, se fondant en dentelle de mousse.

James leur a ordonné de chercher Deut et, quand il l'a eu à l'autre bout du téléphone interne, lui a demandé comment les choses se passaient en bas.

"Mal" répondit Deut sans palliatif. « Les vagues ont détruit trois fois la paroi des sacs de ciment. Je pense que tout est perdu.

Hunter se mordit la lèvre inférieure, refusant d'abandonner.

« Avez-vous une idée de l'endroit où nous sommes ? » Demanda Deut.

"À environ six milles de la côte de Terre-Neuve," répondit James.

« Bien sûr ? Je pensais que la mer nous attirait.

"Non. Les machines réagissent bien. Peut-être que nous pourrons y arriver.

Henry secoua la tête, obéissant à l'impulsion que le « Candell » ne repartirait plus.

Une demi-heure plus tard, James était également convaincu que tous les efforts pour empêcher que ce ne soit le dernier voyage de la Garde côtière étaient vains.

La brèche non seulement laissait place à la fureur irrépressible de l'océan, mais les vagues, luttant contre les bords, l'élargissaient de plus en plus, déchirant les sacs de ciment disposés par Deut, ainsi que les planches de bois et les poutres d'acier. de la structure.

"Rien à faire", a déclaré Deut. « Petit à petit, nous nous retrouverons sans bateau.

L'eau était jusqu'aux genoux des hommes et le « Candell » semblait respirer comme un mulet en haut d'une colline avec quatre hommes dessus.

"Il ne peut même plus avec son âme", a souligné Cawston.

Cela a conduit James à ordonner au télégraphe de commencer à appeler à l'aide.

"Nous n'avancerons rien", a déclaré Henry. Tous les navires sont abrités dans les ports. S'il y en a en dehors d'eux, il aura assez à faire pour se débrouiller tout seul.

"Nous resterons sur le navire aussi longtemps que je pourrai tenir le coup," décida James. Il est dangereux d'abaisser les bateaux dans ce vent.

Henry était d'accord avec lui, mais ils pensèrent tous les deux avec angoisse au moment où ils furent contraints d'occuper les bateaux, malgré tous les dangers.

Le vent avait cédé, mais le brouillard s'épaississait.

"J'espère toujours..." commença à dire James, mais à ce moment les lumières s'éteignirent, le coupant.

« Qu'est-ce qui ne va pas, Cawston ? Il a demandé à travers le tube.

— L'eau noie les machines, répondit le maître d'équipage. " Hé, capitaine. Inutile de continuer. Les hommes commencent à avoir peur.

"C'est bon. Qu'ils montent sur le pont", ordonna le jeune homme. Il se tourna vers Henry et ajouta : "Il est préférable de quitter le navire avant qu'il ne coule." Je ne veux pas de précipitations inutiles.

Les machinistes et les équipes de réparation se rassemblèrent bientôt sur le pont. Le « Candell » était déjà un jouet des vagues, mais la force du vent diminuait ostensiblement, et l'océan se calmait comme s'il était déjà sûr de sa proie.

Les lanternes à huile auxiliaires étaient allumées, et dans leur lumière déclinante, James jeta un coup d'œil sur le groupe d'hommes au visage sombre.

"C'est terrible", a-t-il dit. Les bateaux seront surchargés.

"Si la tempête s'apaise, nous pourrons atteindre la côte", a déclaré Deut.

James attendit encore quelques minutes. Le vent d'ouragan qui avait tué le « Candell » s'est transformé en brise glaciale, mais les garde-côtes ont commencé à se coucher sur le côté droit. Il était impossible de retarder le match plus longtemps.

Les hommes s'alignèrent devant les bateaux qui descendaient à la mer, et chacun d'eux était occupé par deux fois plus que leur sécurité le leur permettait, s'enfonçant dangereusement dans l'eau.

« Que ferons-nous des prisonniers ? Demanda Deut.

James serra les mâchoires.

"Ce sont des hommes comme nous et ils nous ont confié leur vie", a-t-il déclaré. Ils doivent être sauvés. Distribuez-les, Deut. Un dans chaque pot.

Les marins américains et canadiens n'étaient pas exactement satisfaits de la nouvelle commande. Tous se resserraient déjà de manière invraisemblable et le moindre poids diminuait les possibilités d'atteindre le sol.

Enfin, ils se sont détachés du côté, jusqu'à ce qu'il n'en reste qu'un à côté de lui.

"En bas, Cawston. Et toi aussi, Deut", ordonna James. Henry, j'étais très heureux de te rencontrer ", dit-il en tendant la main au Canadien.

« Vous ne venez pas ? Demanda le maître d'hôtel.

"Non," répondit James avec intégrité. " Je resterai à bord jusqu'à...

"C'est fou. Je ne le permettrai pas", s'est exclamé Deut.

Les yeux de James flamboyèrent.

« En bas, dis-je. Avec vous trois, ce bateau transporte dix hommes de plus. Mon poids suffirait à le faire couler.

"Je resterai avec toi," décida Henry.

"Et moi" dit Deut.

"Moi aussi," ajouta Cawston.

"Vous ne pouvez pas me désobéir", a-t-il dit. En bas, dis-je.

Cawston hésita. Le « Candell » fléchit un instant. Des voix d'urgence venaient d'en bas.

James fouilla sous son imperméable et sortit un pistolet de ses plis.

— J'ai dit de descendre, dit-il en le brandissant de façon menaçante devant les yeux du maître d'hôtel.

Cawston hésita. Il lança une réprimande et enfourcha le pont.

« Toi, Deut. Et toi.

"Je ne pars pas, même si ça me tue", a répondu Henry Lawson. Je suis autant capitaine que toi.

"Mais pas de ce vaisseau," rugit James. Va-t'en et ne t'inquiète pas pour moi. J'ai un bateau pneumatique et avec lui je vais essayer...

"Je suis désolé, mais je reste." La voix d'Henry était ferme comme un roc.

Les deux hommes se regardèrent de manière antagoniste pendant une seconde. Des appels angoissés retentirent à nouveau d'en bas pour qu'ils se dépêchent. James abaissa le pistolet, qui portait Deut.

— Tire si tu veux, répondit-il, mais je ne pars pas. Tout ce que tu deviendras sera de moi.

Hunter a rangé l'arme.

"Eh bien, tu sais que je ne peux pas le faire," dit-il. Hé, ceux dans le bateau ! Va-t'en d'ici.

Des ténèbres bien en dessous vint la voix alarmée de Cawston :

"Et tu?

« Va-t'en, dis-je. Dans quelques minutes, il sera tard.

On entendait les coups rythmés des rames. Alors la voix du maître d'équipage sortit des ténèbres autour du Candell, souhaitant :

« Bonne chance, capitaine !

"Cawston..." marmonna James d'une voix tremblante.

Pendant dix mois, ils avaient navigué ensemble, courant les dangers et les bons moments, ce qui avait établi une profonde amitié entre eux, pour en arriver là...

Le Candell se pencha plus loin dans l'océan, fatigué de se battre. Le vent était toujours fort, mais la mer était plus calme et les bateaux pourraient presque certainement atteindre le continent.

« Allez », a exhorté Deut, «le navire va bientôt couler.

"Allez chercher le bateau pneumatique," répondit James. Mettons-nous en place tous les trois.

Deut courait déjà sur le pont, qui était incliné d'environ trente degrés. James le vit arriver à la casemate où se trouvait le bateau et sortir avec lui et une grosse pompe pour le remplir d'air.

En quelques minutes, ils ont effectué l'opération. Quand ils étaient sur le point de lancer l'engin de sauvetage dans l'eau, le "Candell" a tremblé comme si un poisson gigantesque l'avait tiré vers le bas.

« Dépêchez-vous, Deut ! s'exclama James.

Le navire a fini de se pencher assez rapidement, tout en s'inclinant également.

Enfin, l'eau toucha leurs pieds. Ils ont déposé le bateau et Henry Lawson y est monté.

Puis James et Deut le firent, chacun d'un côté, et tous deux brandirent vigoureusement les pagaies pour s'éloigner du navire blessé.

Le bateau était assez grand pour les contenir tous les trois, mais sans aucun mou d'aucune sorte. Ses larges bords, remplis d'air, étaient presque au niveau de l'eau, supportant l'assaut des vagues. Les deux matelots ont ramé à vive allure, les yeux fixés sur le "Candell"...

Le brave garde-côte hurla à nouveau, comme s'il disait son dernier au revoir, et coula rapidement.

Les eaux de la mer s'écartèrent pour le recevoir et les lampes à huile s'éteignirent, laissant tout plongé dans l'obscurité absolue.

Cependant, le son terrifiant de la succion parvint à ses oreilles et l'hydroglisseur tituba dangereusement au bord du tourbillon, obligeant James et Deut à mettre toutes leurs forces entre leurs mains.

A ce moment, comme s'il n'avait soufflé que pour couler les garde-côtes, le vent cessa de gémir comme par magie et les trois hommes se retrouvèrent seuls dans l'immense noirceur de l'océan Atlantique.

Deut soupira.

"Eh bien," dit-il. Où allons-nous?

Il n'y avait pas une seule étoile pour s'orienter.

Henry était d'avis qu'il valait mieux rester immobile là où ils étaient, en attendant que la lumière de l'aube leur permette de se diriger vers la côte, mais James secoua la tête avec insistance.

"Ce serait pratiquement impossible", a-t-il affirmé. « Par contre, je suis sûr que je ne suis pas dans la mauvaise direction. Pagayez vous-mêmes. Je mènerai.

Deut et Lawson lui obéirent. Surtout le premier, il avait déjà eu plus d'une fois des échantillons de l'admirable habileté du jeune marin à s'orienter dans l'obscurité.

Propulsé par les rames, le canot pneumatique se déplaçait avec une lenteur exaspérante. James semblait savoir ce qu'il voulait, mais Henry Lawson se demanda avec inquiétude s'il avait tort.

"Nous avons payé un lourd tribut pour notre victoire", a déclaré Deut, déplaçant toujours la rame.

"S'il n'y avait pas eu la tempête, le pauvre 'Candell' aurait été sauvé," répondit James.

Pendant trois heures, ils ramèrent sans repos, mais sans faire un grand effort. James les soulagea quelques instants et les laissa se reposer pour d'autres, pendant lesquels ils consumèrent quelques cigarettes. A la fin de l'un d'eux, Henry Lawson a exprimé son opinion :

« Il me semble que nous tournons en rond, comme un chien qui veut se mordre la queue Dans cette obscurité... Nous aurions déjà dû toucher terre.

James ne prit pas la peine de le contredire. Il avait arrêté de fumer et était raide, la tête penchée vers la droite.

"Ecoute, lion de mer," répondit-il finalement. Connaissez-vous ce bruit ?

"C'est la gueule de bois..." dit Deut. " L'eau s'écrasant contre les rochers.

"Exactement," répondit James, et il y avait une note de triomphe dans sa voix. Que dites-vous maintenant?

"J'avoue que j'avais tort", a reconnu Henry.

« Où pensez-vous que nous sommes ?

« Près des îles San Pedro », dit le Canadien. " Ou les écueils qui se dressent devant eux. Si c'est le cas, il faudra faire attention.

"Eh bien. Je pense que nous devrions continuer.

De nouveau les rames furent saisies et le bateau fut propulsé vers l'endroit d'où venait le bruit des vagues se brisant contre les rochers, qui, peu à peu, devint plus net et précis.

"Nous nous rapprochons," l'avertit James.

Il essaya de percer les ténèbres avec ses yeux, mais ne vit rien d'autre que l'écume phosphorescente qui se brisa en fines gouttelettes luisantes.

Il souhaitait que la lune puisse franchir la barrière de nuages qui la cachait, mais son désir n'était pas suffisant pour y parvenir.

« Que sais-tu de ces pièges, Henry ? Il a demandé.

"Ils sont dangereux", répondit le Canadien. Pour moi, je leur échapperais. Un mile plus au nord, juste derrière eux, se trouve l'île de San Pedro. On pourrait y aller.

"Nous le ferons. Le bruit servira de guide.

Ils lofent légèrement vers l'est. Peu de temps après, le bruit était à sa gauche et la lumière phosphorescente causée par la marée a commencé à s'estomper au loin.

A ce moment, James et Henry ramaient, Deut posa les yeux quelque part au loin. Puis il se tourna vers eux et leur demanda :

"Tu es fatigué?

"Un peu", répondit Henry, "mais je peux encore tenir une demi-heure.

« Alors pourquoi diable ne ramez-vous pas ?

« On ne rame pas ? Demanda James, perplexe. que veux-tu dire?

"Que nous ne bougeons pas d'où nous sommes", s'est exclamé Deut.

James a prouvé qu'il avait raison. Ou plutôt, son partenaire avait raison, car, non seulement ils n'avançaient pas d'un pouce, mais ils semblaient reculer.

« Comment bizarre ! » marmonna James.

« Bizarre ? Rien de tout cela. Nous sommes allés tomber dans un ruisseau », répondit Henry. Maintenant, cela nous entraînera à nouveau vers le sud et nous aurons beaucoup de chance si nous parvenons à éviter les pièges.

James et Deut étaient silencieux.

Henri avait raison. Soit ils parvenaient à vaincre leur poussée, soit ils se retrouveraient bientôt devant les bords déchiquetés des récifs de San Pedro.

"Allez les gars!" Encouragé Deut. Pagayez fort.

James et Lawson enlevèrent leurs imperméables, qu'ils laissèrent au fond du bateau, et ramèrent aussi fort qu'ils le pouvaient, mais c'était inutile.

C'était comme vouloir combattre un géant des milliers de fois plus fort sans armes.

Deut soulagea Henry, mais son effort ne fit pas le moindre changement dans la situation. Lentement mais inexorablement le courant les emporta vers les rochers.

James s'arrêta de bouger.

« N'envoyez plus » dit-il à Deut. " Cela ne sert à rien et vous ne ferez que vous épuiser. Que ce soit ce que Dieu veut.

Les yeux des trois naufragés se posaient sur les rochers, comme s'ils étaient possédés d'un puissant aimant qui les attirait vers la mort.

Peu à peu la phosphorescence de l'eau, divisée en myriades de gouttelettes, devint plus visible, et tout à coup elles furent propulsées en avant.

Le bruit de l'eau frappant les rochers s'amplifia. Le bateau passa rapidement devant un grand rocher, plongeant dans un raz-de-marée de formes immobiles qui s'élevait bas au-dessus de la surface.

James a essayé de le pagayer, et il a réussi pendant longtemps, tandis qu'Henry déglutit et que Deut marmonnait de plus en plus de jurons.

A chaque nouvelle poussée, le bateau était suspendu dans les airs, avançant, entre les rochers. Dès qu'une vague se retirait, elle était remplacée par une autre, ce qui la soulageait dans sa mission de jouer avec la vie des trois hommes.

Soudain, ses yeux tombèrent sur un énorme rocher qui semblait se diriger vers lui à une vitesse vertigineuse.

"Attention!" cria James.

Il a poussé la rame vers l'avant pour amortir le coup, mais elle s'est brisée et le marin a été éjecté du bateau par la force de l'impact.

Au même moment, des dizaines de crêtes pierreuses se sont creusées dans le bateau, déchirant l'enveloppe en caoutchouc et en soie, et le bateau s'est dégonflé en quelques secondes à travers quelques grandes ouvertures.

James nagea vigoureusement vers le rocher, aspirant à le rattraper avant qu'une autre vague de la mer n'arrive.

Les vêtements étaient un obstacle, mais il ne s'arrêta pas pour s'en débarrasser et gagna le dos de la pierre, où régnait un calme relatif.

L'énorme rocher était moins raide de ce côté-là. Tirer sa force de sa faiblesse. James monta dessus.

Lorsqu'il atteignit le sommet, il avait une respiration sifflante de lassitude, mais s'estimait heureux d'avoir sauvé sa vie, se demandant ce qu'étaient devenus ses compagnons.

Assis sur le rocher, il regardait les eaux tumultueuses s'écraser avec fureur contre la base, comme si elles voulaient la détruire.

"Deut!" Il a appelé. Deut... Henri !

Personne n'a répondu à son appel.

James serra les dents alors qu'il faisait face à la nuit, froide, sombre et silencieuse. Se pourrait-il qu'il soit le seul survivant des trois occupants du bateau ?

Quel aurait été le sort des équipages du « Candell » et du « Canadian » ? Et les prisonniers allemands ?

Tout ce qui s'est passé lui semblait irréel. Il était impossible qu'un tel cauchemar soit vrai. Il se réveillerait sûrement bientôt.

Le froid qui le pénétrait jusqu'aux os lui fit voir crûment qu'il ne rêvait pas, mais qu'il était dans la chair, seul et engourdi sur un rocher battu par la mer.

De nouveau, il appela :

« Deut ! Henri !

Il crut entendre un gémissement l'atteindre à une courte distance. James se demanda si c'était vrai ou si c'était juste une autre facette des eaux tourbillonnant contre les rochers, et répéta l'appel.

Le gémissement parvint à nouveau à ses oreilles, plus clair et plus distinct qu'avant.

Qui serait-ce ? Deut ou le Canadien ? Qui que ce soit, il semblait avoir besoin d'une aide immédiate. Peut-être avait-il été blessé lorsque son corps avait été projeté contre un rocher qu'il avait désespérément réussi à saisir.

Et il devait être là, inactif, à écouter ces gémissements, qui étaient comme tant d'autres demandes d'aide, sans pouvoir venir en aide au malheureux qui les lançait.

La pensée de James traversa l'idée, l'idée folle de sauter dans l'eau et de nager jusqu'à l'endroit où se trouvait l'homme blessé, mais il la rejeta immédiatement comme peu pratique.

Cependant, les gémissements l'ont ramené à la vie et, poussé par l'anxiété, James a glissé du rocher.

Entré en contact avec les eaux froides de la mer, il se débarrassa de ses bottes, les laissant dans une fissure du récif, et résolument entra dans l'eau et nagea vigoureusement vers la droite.

Une vague l'a projeté hors de son chemin, mais il a réussi à s'accrocher à un rocher qui dépassait à peine de l'eau de mer.

Les gémissements n'étaient plus entendus. James fit un klaxon avec sa main gauche et appela ses compagnons, recevant en réponse une petite voix qui résonna un peu plus tard.

Profitant du recul d'une vague, il nage à nouveau jusqu'à une deuxième marche, où il appelle à nouveau.

Le gémissement résonna à nouveau dans ses oreilles, plus clair qu'avant.

James fixa obstinément ses yeux sur un groupe de petits rochers qui se trouvaient devant lui, à trente mètres à peine, et accroupi dans son abri, il regarda le reflux de la mer avant de nager rapidement vers elle.

Touchant une des pierres, il crut voir quelque chose remuer parmi les autres.

Avec plus de précautions, pour éviter les coupures avec les bords des rochers qui l'entouraient de toutes parts, il se dirigea vers ce point.

« Est-ce vous, Deut ? Il a demandé.

"Non," répondit une voix faible. " Je suis... Henri.

Le Canadien était allongé sur le ventre sur un petit plateau, à peine plus grand que son corps, composé de dizaines de petits rochers contre lesquels les vagues écumaient.

Chacune qui venait, trempait de plus en plus son corps prostré, mais elle n'avait pas la force de s'en arracher.

James grimpa sur le plateau, s'asseyant dessus, à côté du marin.

"Es-tu blessé?" Il a demandé.

"Oui," répondit Henry. Dans la tête j'ai dû... perdre beaucoup de sang.

« Je ne peux pas le voir maintenant. Est-ce que ça saigne encore ?

"Je crois que non.

James essaya de le mettre plus à l'aise, inclinant sa tête entre ses jambes pour te protéger de l'eau avec son dos.

C'était tout ce qu'elle pouvait faire pour lui et il souhaitait que l'aube vienne bientôt.

Il a été matériellement transformé en iceberg. Ses dents se cognaient les unes contre les autres, poussées par les frissons du froid, et il éprouvait un sentiment angoissant qu'il ne pouvait supporter la torture de l'eau s'écrasant sans cesse contre son dos.

A côté d'elle, Henry expira avec lassitude, mais avait encore la force de le lui demander.

« Et Deut ?

"Je ne sais pas ce qui lui est arrivé," répondit James. Il est probablement mort, emporté.

« Je... je suis désolé.

« Ne parle pas, Henry. Tu es très faible.

Le Canadien lui prit une main et la serra si légèrement que James fut alarmé.

Et ainsi, deux heures de plus s'écoulèrent, lentes, silencieuses et froides.

James essaya de remonter le moral de son partenaire de combat, mais même sans le voir, il pouvait sentir Henry Lawson s'affaiblir de minute en minute et il se demanda s'il pouvait supporter cette épreuve.

Enfin, une légère teinte grisâtre flottait sur l'océan, alors que les eaux cessaient de battre les rochers. James poussa un soupir anxieux et fixa la source de la lumière, qui devint blanche avec une lenteur exaspérante.

Henry ouvrit les yeux et essaya de sourire, mais son visage, pâle et d'une netteté impressionnante, ne dessina qu'une grimace qui laissa entendre à James son véritable état.

Dès qu'il put voir, ce qui n'était pas grand-chose, à cause de la brume qui s'élevait comme un rideau des eaux froides et saumâtres, il ne put distinguer la moindre trace de Deut.

Seuls les rochers, noirâtres, impressionnants et tristes, se dressaient entre eux et le large.

« Comment te sens-tu, Henry ? Il a demandé.

"Eh bien... maintenant", répondit le Canadien. Ça ne fait pas de mal... rien.

James ne répondit pas. Trop bien il savait que cette tranquillité était une simple pause entre la douleur et la mort.

Il avait vu mourir beaucoup d'hommes dont les souffrances cessaient une heure ou deux avant que leur vie ne s'éteigne, comme si la mort, déjà certaine de sa proie, leur accordait cette dernière grâce de les emporter sans douleur.

Henry Lawson a subi une grave blessure à la tête, dont il a dû perdre du sang depuis longtemps.

Il s'était probablement engourdi après avoir réussi à se hisser entre cette poignée de rochers et l'eau de mer, battant contre la blessure, avait empêché le sang de coaguler.

La vérité était que si l'aide n'était pas reçue, une issue fatale était la seule chose à laquelle on pouvait s'attendre.

La brume qui les enveloppait commençait à se lever, laissant place à une plus grande clarté, mais la mer était invisible même à longue distance. Une heure plus tard, Henry grimaça.

"As-tu froid?" demanda James.

Le Canadien ne répondit pas. Peut-être qu'elle ne l'avait pas entendu. C'était la même chose de toute façon, car même s'il savait qu'il avait froid à cause du froid, il ne pouvait pas l'envelopper plus qu'il ne l'avait déjà fait.

En fait, à l'exception de sa chemise et de son pantalon, les autres vêtements de James s'ajustent autour de son corps, bien qu'il soit difficile de dire s'ils lui procuraient de la chaleur ou volaient le peu qu'il pouvait garder, à cause de leur humidité.

Et l'eau n'arrêtait pas de lui heurter le dos qui, malgré la douceur de la flagellation, commençait à lui faire mal.

Désespéré, il regarda dans toutes les directions, ne voyant que la mer et la brume, et il se demanda combien de temps il lui faudrait être dans une telle situation, tenant la tête de son compagnon entre ses genoux.

"Hun ... ter" appela la voix faible d'Henry.

James baissa la tête vers la sienne. Le visage du marin était devenu incroyablement vif et une pâleur translucide couvrait ses joues, comme si le sang s'était écoulé de ce corps.

"Que veux-tu?" Il a demandé.

« Dans mon... guerrier tu trouveras des papiers... et parmi eux l'adresse de ma sœur... Elle s'appelle Nell. Écrivez-lui ou allez la voir... et dites-lui que je suis mort... penser à... elle.

« Allez, mon garçon, qui parle de mourir ? James a répondu sans conviction. Nous sommes sur une route très fréquentée et il ne faudra pas longtemps pour qu'un bateau vienne nous chercher.

"Mais... pas moi... je sais que c'est fini... j'ai arrêté... de naviguer...

James essaya de nouveau de lui remonter le moral, mais Henry, après cet effort, retomba dans l'inconscience la plus totale.

James posa doucement sa tête sur une pierre et se leva. Le soleil, triste et blanchâtre, éclairait déjà les eaux et le Yankee scrutait la mer dans tous les sens.

Vers le sud, le gros d'un voilier aperçut, vers le détroit de San Lorenzo, mais il était trop loin pour que son équipage puisse percevoir les signaux qu'il leur donnait, et il s'en abstint.

« Un navire, Henry, » dit-il en se retournant vers son partenaire. Ça vient par ici.

Henri ne répondit pas. Alarmé, James se pencha sur lui. Son cœur ne battait plus et ses yeux, toujours ouverts et pleins de nostalgie marine, se posèrent sur l'infini, comme si Henri avait voulu y retenir la dernière vision de sa patrie.

James faillit fondre en larmes. Encore quelques minutes et Henry aurait pu être sauvé. Il poussa un profond soupir et dit une courte prière, en guise d'adieu à ce camarade marin qu'il avait si peu connu et qu'il aimait pourtant tant.

Puis il se souvint de sa mission. Comment avait-il dit que le nom de sa sœur était ? Nell ; c'était. Nell Lawson. Bien. Il serait temps de récupérer vos papiers.

Puis il se souvint du navire et se leva à nouveau. Ce faisant, il remarqua sa propre faiblesse.

Il avait froid et tremblait de la tête aux pieds. Le soleil n'était pas encore assez chaud pour chasser ce foutu froid qui le faisait frissonner de son corps, et James ressentit une sensation d'angoisse dans sa poitrine et de terribles douleurs dans son côté gauche.

Mais le navire s'approchait de lui. Il recherchait probablement la mer pour eux, si Cawston et les autres avaient été sauvés et avaient mis les autorités en mouvement.

Peu de temps après, James a pu percevoir certains détails de sa structure. C'était un destroyer et il naviguait lentement, explorant probablement les environs.

Il décide de nager vers le rocher où il se réfugie pendant la nuit, profitant du calme de la mer, et, une fois au sommet, il agite frénétiquement les bras.

Pendant quelques minutes, le destroyer a continué à naviguer parallèlement à lui.

James déglutit d'angoisse, se demandant s'il allait passer, mais ne put s'empêcher de gémir de joie quand il vit peu après qu'il changeait de cap et se dirigeait vers les rochers.

Cinq minutes plus tard, une chaloupe émergea du navire et ses occupants ramèrent vivement vers lui, longeant habilement les récifs.

James a été aidé par un jeune officier de marine, qui a immédiatement jeté une couverture autour de ses épaules et lui a offert un verre de cognac.

Puis ils retournèrent vers le destroyer, mais James dit :

« Il y a un partenaire à vous sur ces rochers. Est mort.

Peu de temps après, le cadavre d'Henry Lawson a également été sauvé. L'officier se tenait respectueusement devant lui et James remarqua que ses lèvres tremblaient imperceptiblement.

"Le connaissais-tu?" Il a demandé.

"Oui," répondit-il d'une voix rauque. « Nous étions ensemble à l'Académie navale. C'était un garçon formidable.

Un laxisme agréable s'empara des muscles et des nerfs de l'Américain.

Une fois à bord du destroyer, il a été emmené à l'infirmerie et le navire s'est dirigé vers Halifax. L'infirmier du navire reconnut James en détail et son visage était sombre alors qu'il se tournait vers le capitaine.

« Il a une pneumonie » dit-il « ; il faudra bien en prendre soin.

— Je le laisse entre vos mains, docteur, répondit le capitaine.

Le faible appel de James les amena au lit de l'officier.

"Capitaine," dit-il, Lawson m'a chargé avant sa mort de me mettre en contact avec sa sœur. Les signes sont parmi ses papiers. Me les donnerez-vous ?

"Il n'y en avait plus.

Il se rendit dans sa cabine, où il avait les papiers du mort, et revint peu de temps après avec une note à la main.

« Les voici », a-t-il déclaré. Mlle Nellie Lawson, 234, rue Kingston. À Montreal. Où gardez-vous votre portefeuille ?

James lui a dit et le capitaine a placé la note dessus.

Pendant cinq ou six jours, Hunter a lutté contre la maladie, et sa constitution robuste, aidée par la science, a surmonté la crise jusqu'à ce qu'il soit apte à être transféré à Augusta.

Une fois sur place, il reçut la visite de sa famille et de ses amis, et leur présence ranima le jeune homme de telle sorte que quatre jours plus tard il demanda au médecin traitant de le décharger.

« Est-il si mauvais entre nous ? Répondit le docteur avec un sourire. Désolé, Hunter, mais ce n'est pas possible. Il faut encore attendre.

Le même jour, il écrivit une longue lettre à Nellie Lawson, racontant en détail la mort de son frère dans ses bras et la réponse fut immédiate, bien que pas de la manière attendue par James.

C'était trois jours après la rédaction de la lettre, et James se disait que Nell pourrait ne pas répondre à sa lettre.

Il avait peu d'espoir qu'il le fasse, et il n'y pensait pas vraiment trop. Il avait tenu sa promesse et la fille était très disposée à lui répondre comme elle l'entendait.

Le groupe d'amis qui était venu le voir venait de partir.

James était assis dans un fauteuil près de la large fenêtre donnant sur le jardin de l'hôpital, lorsque la porte s'ouvrit à nouveau et que le visage couvert de taches de rousseur de Fleisch réapparut devant lui, lui faisant un clin d'œil.

« Il y a une dame qui te demande, James, » dit-il. Garçon, quelle dame pour passer la convalescence ! " ajouta-t-il en souriant.

James fronça les sourcils, perplexe. Fleisch connaissait bien sa sœur, il ne devait donc pas parler d'elle.

Qui cela peut-il bien être ? s'est-il demandé.

Bientôt j'allais le découvrir. Fleisch disparut pour être remplacé par l'infirmière ; une jolie blonde, qui ne semblait pas mal prendre la cour de James.

« Une dame souhaite vous voir, capitaine, dit-il. Voulez-vous que cela se produise ?

"Qu'est-ce ?

"Dit qu'elle s'appelle Nellie Lawson,

James posa le livre qu'il tenait toujours dans ses mains, poussé par la surprise.

"Bien sûr que je veux le voir," répondit-il. Arangez-vous pour que cela arrive.

L'infirmière se dirigea vers la porte et l'ouvrit, faisant un geste invitant à quelqu'un qui attendait dehors, et Nell Lawson apparut dans l'embrasure de la porte.

Fleisch avait raison, et il l'avait exprimé avec sa légèreté particulière de jugement.

Nellie Lawson était une femme capable de tenter un saint. Grand, ondulant, avec chaque courbe en place et bien proportionné.

Elle s'habillait simplement, mais la robe noire lui allait parfaitement et ajoutait un nouveau charme à sa personnalité déconcertante et à sa jolie silhouette.

Clairement, la jeune fille avait du « glamour » et ne serait passée inaperçue nulle part, non seulement par sa silhouette, mais aussi par ce sourire triste qui étalait ses lèvres.

C'était une brune. Ses cheveux étaient savamment peignés et, en revanche, sa fine peau blanche se détachait comme une tache sur la couleur noire qui dominait sa silhouette.

Bien qu'étant frères, il ne ressemblait pas du tout à Henry. C'était l'impression que captait James, alors que la jeune femme avançait à sa rencontre.

James se leva. Nell s'arrêta à deux pas de lui et ses lèvres tremblèrent légèrement. Puis il s'avança de nouveau et tendit la main.

« Asseyez-vous, » dit-il en désignant l'autre chaise.

La jeune fille l'avait fait avant, ramassant modestement les jambes qu'elle cachait sous sa jupe et, sans savoir pourquoi, James se sentit agacé par ce mouvement.

Il y avait quelque chose d'étrangement audacieux chez la jeune femme, même si elle essayait de le cacher.

L'infirmière sortit, les laissant seuls. Pendant quelques secondes, le silence régna dans la pièce, jusqu'à ce que finalement Nell dise :

« Je suis venu dès que j'ai reçu votre lettre. Henry et moi étions seuls au monde...

Elle sortit un mouchoir de son sac et s'essuya les yeux.

« Vous pouvez imaginer ce que c'était pour moi.

Sa voix était douce comme du velours. Malgré l'occasion, James essaya d'imaginer ce que ce serait de caresser les oreilles d'un homme.

"Je comprends," répondit-il. Désolé d'avoir mis si longtemps à écrire. J'ai aussi été assez sérieux.

" Oh, mon Dieu ! Tu n'as pas à t'excuser. Comme tu me l'as dit, Henry, mon pauvre frère, est mort dans tes bras. Dis-moi comment c'était.

James l'a fait, essayant de ne pas donner trop d'émotion à ses mots.

Nell l'écoutait avec une attention soutenue. De temps en temps, elle soupirait ou portait son mouchoir à ses yeux, mais il sembla à James que son chagrin n'était pas aussi grand qu'elle feignait de le croire.

On aurait dit qu'il jouait une comédie.

Quoi qu'il en soit, il arriva à la fin de son histoire et, contrairement à ce à quoi il s'était attendu, Nell Lawson n'a pas fait grand bruit en apprenant comment s'était passée la dernière minute de son frère.

Elle se tenait raide et droite sur le bord de la chaise, le regard fixé sur le ciel à travers les vitres.

Quand il les tourna vers James, ils exprimaient de la douleur, se penchèrent impulsivement en avant et serraient nerveusement l'une des mains du jeune homme.

"Merci!" dit-elle, voilée d'émotion. « Merci ! Ça a dû être horrible pour lui, pauvre Henry, mais toi...

"Ce n'est pas important. Oubliez ça.

Comment puis-je l'oublier, quand il était mon frère ?

James pensait qu'il n'avait pas besoin de mettre autant de sentiments dans ses mots.

Il n'avait rien fait pour Henry Lawson, ne pouvait rien faire d'autre que d'être à ses côtés dans ses derniers instants.

Il avait peur de demander à Nell pourquoi elle cachait une douleur qu'elle ressentait à peine, mais il s'en abstenait, et il voulait qu'elle s'éloigne de là pour mettre fin à cette comédie.

Henry avait parlé d'elle avec un certain ton protecteur, comme si sa sœur était plus jeune que lui et l'idée de la laisser face au monde lui faisait peur.

Mais cette femme semblait tout à fait capable de subvenir à ses besoins et d'avoir assez d'énergie à prêter aux autres.

Enfin, Nell se leva et James jeta un autre coup d'œil à sa grande taille, sa position dominatrice et à quel point elle ressemblait peu à Henry.

Il se leva et serra la longue et fine main qu'elle lui tendait.

"Nellie... Nell..." se dit-il. Même un nom aussi doux ne convenait pas à cette femme.

Le nom, surtout le diminutif, faisait penser à une fille jolie et féminine, aux cheveux blonds comme de l'or et aux yeux clairs et innocents.

« Quand serez-vous libéré ? » Elle a demandé.

« Je ne sais pas. Dans trois ou quatre jours peut-être », répondit vaguement James.

"Alors peut-être que nous nous reverrons," répondit Nell. Je vais à Boston et je reviens ici avant de retourner à Montréal.

"Ce sera mon plaisir", a-t-il déclaré sans conviction.

Il n'avait aucun intérêt à la revoir. Si on lui avait dit qu'une femme comme celle-ci allait s'intéresser à lui au point de prétendre qu'ils se reverraient, il aurait été, flatté et accepté sans hésiter.

Mais elle était la sœur d'Henry, et cela semblait une profanation d'assister à nouveau à la comédie de sa douleur feinte.

Une dame comme celle devant lui, dont il serrait toujours la main, était idéale pour aller en boîte de nuit, se baigner avec elle sur n'importe quelle plage déserte, faire des excursions ou tenir un sloop.

Pendant les trois jours suivants, James Hunter n'a pas pu oublier Nellie Lawson et son étrange attitude.

Plusieurs fois, il essaya de ne pas penser à elle, se disant que peut-être la jeune fille s'était sentie obligée de lui rendre visite, bien que ses relations avec son frère n'étaient pas ce qu'elles devraient être.

Fleisch est allé le voir, et James s'est rendu compte à ses questions que la rousse s'intéressait beaucoup à Nell.

Enfin il fut relâché et une voiture entra par la grande porte qui donnait accès au jardin, s'arrêtant devant lui.

"M. Hunter," appela une voix qu'il n'avait pas pu oublier.

James ne savait pas s'il devait être heureux ou non, quand il vit le visage de Nell Lawson se pencher par la fenêtre. La voiture était petite et pas très récente.

La jeune femme la conduisait et il n'y avait personne d'autre à l'intérieur, à part un chien assoupi sur la banquette arrière.

Le marin s'approcha d'elle en lui faisant un petit signe de la main, et Nell sourit :

« Est-ce qu'il partait ? » Il a demandé.

« Oui. J'ai déjà été libéré.

"C'était une chance d'être à l'heure", a-t-elle assuré.

Elle portait la même robe noire qu'elle l'avait vu la première fois, mais maintenant elle portait un joli chapeau noir dont une plume blanche enlevait une partie de sa tristesse.

« Montez » l'a-t-il invité ». Je t'emmène où tu veux.

James était sur le point de marmonner une excuse, mais avant que son cerveau ne dicte, son cœur l'a déplacé vers la porte ouverte et s'est installé à côté de Nell.

Alors que la voiture démarrait, il se reprocha de l'avoir fait, obéissant à la puissante attirance que la femme exerçait sur lui.

« Où veux-tu que je te dépose ? demanda Nell.

C'était une conductrice droitière et James ne pouvait détacher ses yeux de ses mains fines et manucurées qui maniaient le volant avec habileté.

"Eh bien..." hésita-t-il. J'allais aller dans n'importe quel hôtel. Demain, je partirai pour Boston. Au fait, tu étais là ?

"Oui. Je suis rentré ce matin, mais je dois y retourner. Nous pouvons faire le voyage ensemble !

James a répondu par l'affirmative. Il était extrêmement curieux au sujet de Nellie, et il se dit qu'il savait peut-être à quoi s'attendre d'elle pendant le voyage.

Nell se tourna légèrement pour lui sourire.

"Eh bien. Tu ne m'as toujours pas dit dans quel hôtel tu prévoyais d'aller.

"J'ai l'un et l'autre," répondit James.

— Je reste chez les Agnès, laissa-t-elle entendre.

"Il n'y a aucune raison pour que je n'aille pas chez lui aussi... en supposant qu'ils aient une chambre

"Je pense qu'il n'y aura aucun problème avec cela", a déclaré Nell.

Et c'est ainsi que James se trouva plus proche d'elle qu'il ne s'y attendait. Mais voulait-il vraiment être séparé d'elle ?

Cette question a été posée dans sa chambre, concluant que Nellie Lawson était la plus belle femme qu'il ait jamais connue, bien que sa froideur et sa maîtrise de soi lui enlevaient une partie de son attrait.

Il voulait se promener, respirer l'air frais de la mer et fouler le sable de la plage avec ses pieds, mais la promenade serait plus agréable si quelqu'un l'accompagnait, et, presque sans s'en rendre compte, il ramassa le récepteur téléphonique et il a demandé la communication avec la chambre de Nell.

C'est elle-même qui est montée sur l'appareil. Jacques lui a demandé :

« Tu veux sortir avec moi ce soir ?

"Je serais ravie, James," répondit-elle, "mais... dans ces circonstances... N'oubliez pas...

"Ne t'inquiète pas pour ça. Nous allions nous promener sur la plage.

« Dans ce cas, accepté.

James raccrocha satisfait, après s'être mis d'accord sur l'heure à laquelle ils se retrouveraient dans le hall de l'hôtel.

A neuf heures, le matelot était dans le hall, attendant que la jeune femme descende.

Quand il l'a fait, il a attiré les regards de tout l'élément masculin sur sa silhouette.

Ils montèrent tous les deux dans un taxi et James ordonna au chauffeur de les emmener au port.

Celle-ci était bien éclairée par de grands projecteurs et une intense activité s'y déroulait.

Il y avait plusieurs marchands amarrés aux quais, qui étaient chargés par des travailleurs acharnés, à l'aide de puissantes grues, et il n'était pas difficile de déduire ce qu'ils leur transportaient.

James se dit que bientôt un autre convoi sillonnerait les mers, se dirigeant vers l'est, et soupira, se demandant quand il pourrait embarquer à nouveau.

Des militaires armés de fusils ont encerclé le quai et n'ont pas permis le passage vers les secteurs où était chargé le matériel de guerre.

James offrit son bras à Nell et ils se dirigèrent tous les deux vers la plage. La nuit était belle et la lune argentée embrassait les vagues qui fondaient doucement sur le sable.

Longtemps ils regardèrent le spectacle avec fascination.

"La mer vous manque ?" Il a demandé.

"Pas à ses côtés," répondit James. Voulez-vous que nous nous asseyions?

Ils l'ont fait sur le sable. Pendant quelques minutes, ils eurent une conversation banale, jusqu'à ce que, enfin, Nell lui demande à nouveau :

« Savez-vous quand il embarquera à nouveau ?

"Eh bien... non," répondit James. Ils peuvent maintenant m'accorder une licence courte et...

« Où va-t-il le dépenser ?

« Chez moi, naturellement. Avec mes parents.

Souhaitez-vous visiter le Canada?

James se tourna vers elle.

"Dans votre entreprise?" Il a demandé avec intention.

Nell mit du temps à répondre.

"Pourquoi pas?" Il a dit. Ce serait un excellent guide.

"Je n'en doute pas. Peut-être que je déciderai d'y aller.

Encore une pause, pendant laquelle chacun a laissé ses pensées voler dans des directions totalement opposées.

« A-t-il toujours été dans les garde-côtes ? demanda enfin Nell.

"Non, non," se hâta de répondre James. Je suis ce qu'on pourrait appeler un vrai combattant. C'est la première position confortable que j'aie jamais eue... et ce n'était pas si confortable.

Il lui raconta ensuite quelques événements auxquels il avait participé, encouragé par la grande attention qu'elle portait à ses propos.

Lorsqu'il lui parla du dernier, cet exploit mémorable au cours duquel le pauvre « Candell » avait combattu six sous-marins, Nell remarqua :

« Cela devait être splendide. Voulez-vous revenir ... à cela?

« Il est préférable de patullar sans repos. De nouvelles terres, émotions et femmes sont connues.

Nell gloussa.

"Ici, vous avez rencontré une nouvelle femme" répondit-il. Que penses-tu d'elle?

James ne pouvait pas exprimer son opinion, parce qu'il n'avait toujours pas réussi à cataloguer Nell.

Cependant, il a opté pour la facilité :

"Ce qui est charmant," répondit-il.

Il aurait pu ajouter qu'elle était aussi écrasante et dangereuse, mais il ne le fit pas, et Nell le remercia avec une moue.

Pendant une heure, ils restèrent assis sur la plage. Les vagues commencèrent à s'approcher et James décida qu'il était temps de retourner en ville.

Ils l'ont fait.

Ce n'est que lorsqu'il s'est retrouvé dans la solitude de sa chambre que lui et Nell n'avaient jamais prononcé le nom d'Henry de toute la nuit, et il se dit qu'il n'avait jamais connu un cas de froideur comme ça dans les relations. entre deux frères.

Le voyage à Boston a créé une plus grande intimité entre eux. James avait cessé de résister, de se livrer aux événements et avait facilement accepté les détails de la confiance et de la camaraderie de Nell Lawson.

Elle a conduit la voiture pendant la première partie du trajet, mais c'est ensuite le marin qui a pris le volant de sa voiture. Peu de temps après, elle a sorti des cigarettes et lui a offert

« Tu veux fumer ?

A son geste d'assentiment, il porta la cigarette à ses lèvres, et après l'avoir allumée et attisé le feu d'un long tirage, il la plaça dans la bouche de son compagnon.

Le léger contact de sa main secoua James, mais elle ne sembla pas le remarquer.

La cigarette était légèrement tachée de carmin, aromatique et légèrement collante.

Nell en alluma un autre pour elle-même et s'adossa à son siège. Une de ses jambes frôla celle de James et il ne se sépara pas d'elle.

"Je suis heureux", a-t-il déclaré. Plutôt. Ça le serait si Henry n'était pas mort.

Il sembla à James que c'était malgré cela, mais il n'exprima pas sa pensée et répondit :

« Alors nous ne nous serions pas rencontrés.

« C'est vrai. Qu'allez-vous faire à Boston ?

« Me présenter à mes patrons.

"Et ensuite?

« Mon avenir proche dépend d'eux. Serez-vous là pendant plusieurs jours?

"Cinq ou six. Je ne sais pas...

James s'est abstenu de lui demander quelles raisons l'avaient amené en ville, mais elle s'est sentie obligée de le lui dire.

« Je dois choisir plusieurs modèles de robes, pour mon entreprise à Montréal. Malgré la guerre, les femmes continuent de s'inquiéter pour leurs vêtements.

C'était la première nouvelle qu'il avait de ses activités.

Ils logèrent tous les deux dans le même hôtel, non sans avoir à voyager trois ou quatre avant d'en trouver un de second ordre, où ils promirent de fournir des chambres ce soir-là, et James se rendit au Marine Command.

De l'hôpital d'Augusta, il avait fait à ses patrons un long rapport sur l'événement au cours duquel Henry Lawson avait perdu la vie, et maintenant il était seulement très curieux de savoir quelque chose sur son nouveau destin.

Il était sûr qu'il serait de nouveau envoyé pour commander un navire de guerre.

C'est pourquoi il parut perplexe devant le chef de secteur lorsqu'il annonça qu'il était affecté à son service, en tant qu'officier de liaison entre l'Armée et la Marine.

"Mais... monsieur... je voudrais, si ce n'est pas trop demander, retourner à la mer. Moi...

« Peut-être que ce ne sera pas long, Hunter », fut la réponse, « mais pour l'instant nous avons besoin de vous ici.

"Le vice-amiral est sorti de derrière la table et a mis une main sur son épaule." Ne pensez pas que vous allez vous ennuyer », a-t-il ajouté. Vous aurez plus de travail que vous ne le souhaitez. Je t'assure.

James fit une grimace déçue, mais fut bientôt convaincu que son supérieur avait raison.

La guerre faisait rage de jour en jour. Les Etats-Unis, devenus l'arsenal de leurs alliés, n'ont cessé de produire des armes à un rythme vertigineux et les ports assistaient à une activité sans précédent.

Le marin n'avait guère le temps de s'adonner au repos ou aux loisirs.

L'expédition des marchandises, les problèmes du service des garde-côtes, les relations avec les forces armées, contenaient mille détails et problèmes complexes qu'il fallait combiner ou résoudre pour que la machine fonctionne sans heurts et efficacement.

Pendant les premiers jours, il pouvait à peine voir Nell, bien qu'il lui ait parlé plusieurs fois au téléphone.

Quand, enfin, ils parvinrent à tenir un long entretien et qu'il lui fit part de son nouveau poste, la jeune femme s'exclama :

"Magnifique!

James pensait qu'elle pensait qu'ils pourraient être ensemble de cette façon, mais Nell y pensait à peine.

Le jeune marin était dévoué corps et âme à elle et à sa tâche.

Le souvenir d'Henry ne comptait presque plus et quand il semblait le hanter, James s'excusait auprès de lui-même que ce n'était pas de sa faute si Nell était trop moderne et indépendante.

Un jour, durant lequel le travail avait été particulièrement dur et intense, James s'effondra dans un fauteuil de sa chambre d'hôtel.

Nell était absente, mais elle ne tarda pas à venir, rayonnante de beauté et de charme.

James la regarda, se demandant quand il serait temps de se séparer. Jusque-là, Nell n'en avait fait aucune mention, mais le marin savait que cela devait venir.

La jeune femme posa les paquets qu'elle portait sur le lit et se dirigea vers lui en l'embrassant.

"Fatigué?" Il a demandé.

"Beaucoup," répondit James. Je suis une épave. Et plus que ça, ce que j'ai c'est une vraie envie de sortir, de m'amuser un peu.

"Si tu n'étais pas si fatigué...

"Quoi?

« Nous pourrions aller quelque part ce soir, ma chère. Pour danser un moment, par exemple.

James s'assit sur la chaise.

"Vous ne savez pas à quel point je l'aimerais," répondit-il, "mais cela ne me semble pas juste, Henry étant si récent.

Nell s'arrêta dans son opération consistant à retirer son chapeau et, le tenant en main, confronta James.

"Henry était mon frère", a-t-il dit, "mais maintenant je peux avouer que j'ai ressenti sa mort comme elle peut ressentir celle d'un parent avec qui vous n'avez pratiquement aucun contact.

« Tu veux dire que toi et Henry ne faisiez pas affaire ?

« Depuis le début de la guerre, je l'ai à peine vu quelques fois. Et en tenant compte du fait que depuis l'enfance nos personnages étaient totalement différents, vous comprendrez que leur absence a tellement refroidi les relations. S'il te plaît, Jim, ne me force pas à te dire la raison de notre désunion. Soyez satisfait de ce que je vous ai dit.

Cela expliquait peut-être son manque d'émotion à apprendre les détails de la mort d'Henry et son désir de se faire passer pour lui, mais James se répéta que cela ne l'obligeait pas à lui rendre cette visite en réponse à sa lettre.

"Bien, Nell," répondit-il. Où nous irons?

Ses yeux brillaient.

"Tu es un charme" l'embrassa-t-il à nouveau "Choisissez le site vous-même.

« Est-ce que les parodies vous conviennent ?

« A tes côtés, je serai ravi même en enfer.

Pendant qu'ils dansaient au son de l'orchestre, James l'informa qu'il devait partir le lendemain pour Halifax en compagnie du chef de secteur.

"Pourquoi allez-vous là-bas?" demanda-t-elle sans manifester d'intérêt.

"Un énorme convoi va traverser l'Atlantique pour apporter de l'aide à la Russie", a répondu James, "et pour la première fois, il sera protégé conjointement par des navires de guerre américains et canadiens.

« Est-ce important ?

« Pas beaucoup. Il s'agit simplement de former les Canadiens à ces questions. À Halifax, nous établirons le nombre de navires de guerre de chaque nation qui protégeront le convoi.

« J'en profiterai pour aller à Montréal. je reviens tout de suite Jim

« Vous n'avez pas encore fini de magasiner ?

"En fait, oui, mais je dois aussi m'occuper des affaires de cœur" répondit-elle d'un geste malicieux.

James la serra plus fort et ils continuèrent à danser.

Deux jours plus tard, il quittait Boston, dont il était absent pendant près d'une semaine. À son retour, Nell était déjà en ville et l'interrogea sur les résultats de la conférence.

"Génial!" James a répondu. Vos compatriotes sont vraiment agréables à traiter. Il n'y a eu aucune difficulté et tout a été résolu dès le premier entretien. Les navires se concentrent sur Halifax et d'autres ports côtiers.

« Ça doit être excitant de voyager dans un convoi de ceux-là.

"Ne le croyez pas. C'est assez ennuyeux.

"Quand va-t-il sortir?

« Dans les cinq ou six jours.

Nell détourna la conversation, mais ses yeux étaient fixés sur le dossier que James avait laissé sur la table.

Peu de temps après, il entra dans la salle de bain et savoura quelques minutes ses délices en fredonnant une chanson.

Lorsqu'il ressortit, Nell, vêtue d'un beau déshabillé, fumait tranquillement, affalée dans un fauteuil.

Cinq jours plus tard, un énorme convoi, composé d'une centaine de navires marchands avec une forte escorte, sillonne les eaux de l'Atlantique, exigeant la route de Mourmansk.

Pendant une semaine, ses étraves sillonnèrent les eaux en parfait ordre, protégées par des destroyers et corvettes yankees et canadiens, selon le plan convenu, sans que les sous-marins allemands n'apparaissent.

Les marins canadiens tenaient à coopérer, mais ils passèrent entre l'Islande et les îles Féroé sans le moindre contretemps.

Tout l'équipage commença à croire qu'à ce moment-là, ils avaient réussi à échapper à l'attaque des redoutables submersibles allemands.

Au plus fort du vingt-cinquième méridien, alors qu'il ne restait qu'à peine un jour pour tourner le cap Nord, jusqu'au point le plus septentrional de la Norvège, un message fut capturé de la marine russe, dans lequel il était annoncé que plusieurs destroyers de cette nationalité étaient sur leur façon d'unir leurs forces. aux forces de protection.

Les deux tiers des navires yankees ont quitté le convoi en direction du sud, pour rejoindre un autre convoi quittant l'Angleterre pour les États-Unis en haute mer à la recherche de plus de fournitures.

C'est le moment choisi par les Allemands pour attaquer.

Depuis quelques jours auparavant, les requins d'acier, formant un véritable troupeau, rôdaient dans leurs dortoirs, observant les mouvements du convoi.

Ses refuges à Narvick et Vesteraalen étaient proches, et l'opération lui semblait la plus favorable.

Immobiles et silencieux parmi les mille îlots de la région d'Hammerfest, les Allemands regardaient passer le gros des unités de protection.

Dès qu'ils furent hors de vue au sud, ils partirent à la vitesse maximale de leurs moteurs, pour tomber sur le convoi avant que les unités russes ne le rejoignent.

La catastrophe avait les caractéristiques d'une véritable catastrophe.

Les destroyers et corvettes canadiens combattirent héroïquement, mais ils étaient peu nombreux et les équipages étaient trop inexpérimentés pour se défendre efficacement contre les attaques combinées d'une douzaine de sous-marins et d'une cinquantaine de bombardiers.

Plus de trente navires, dont des marchands et la marine canadienne, ont été envoyés au fond de la mer, avec leur précieuse cargaison.

Lorsque les destroyers russes sont arrivés sur les lieux de l'attaque, celle-ci était déjà consommée.

Les torches des navires en flammes illuminaient encore un tableau sombre, dans lequel des centaines et des centaines d'hommes tentaient de se mettre en sécurité dans des bateaux, des planches déchirées par des explosions ou simplement à la nage.

Quant aux sous-marins, ils ont disparu du théâtre de leur exploit, à peine conscients de l'arrivée de leurs ennemis les plus redoutables, sans laisser la moindre trace.

Lorsque cette nouvelle parvint au quartier général de la marine à Boston, le vice-amiral Cramer serra convulsivement les poings et commença à arpenter le bureau comme une bête affamée, sous le regard sinistre d'une demi-douzaine d'officiers à son service.

Enfin il s'arrêta devant eux, mais ne parla pas tout de suite.

— Je ne comprends pas, murmura-t-il. Je ne comprends rien à ce qui s'est passé. Comment pouvaient-ils savoir quand et où nos navires décolleraient du convoi ?

Il n'a eu aucune réponse.

La même chose que ses officiers se demandaient.

« La formation et l'itinéraire des convois se faisaient dans le plus grand secret, au point que même les capitaines des navires marchands ne connaissaient pas la voie à suivre.

Mais il était clair qu'il y avait eu une certaine infiltration ou indiscrétion de la part de l'une des douze personnes qui connaissaient les termes de l'accord d'Halifax.

"Quoi qu'il en soit", a-t-il ajouté. Il ne fait aucun doute que certains groupes d'espions se sont magnifiquement comportés à cette occasion. Je ferai rapport aux autorités et désormais nous prendrons des précautions extraordinaires pour empêcher nos plans de transcender l'ennemi.

La réunion a duré une demi-heure, mais rien n'a pu être précisé.

Les officiers yankees juraient et parjurent qu'aucun d'entre eux n'avait commis la moindre indiscrétion, car ils n'avaient même pas parlé du convoi à leurs amis ou à leur famille.

"C'était peut-être les Canadiens", a souligné l'un d'eux. Rappelons qu'il s'agissait de la première opération de ce type à être réalisée.

« Nous tiendrons compte de cette possibilité, messieurs, annonça le vice-amiral, mais en attendant, vivez les yeux grands ouverts et les lèvres bien fermées.

James rentra à l'hôtel d'une humeur d'enfer. Nell, qui semblait avoir la vertu de lire dans ses pensées comme dans un livre, devina que quelque chose n'allait pas chez lui et se demanda.

"Le pire est arrivé", a-t-il déclaré. Après avoir minutieusement fait tous les préparatifs, il a suggéré une véritable catastrophe. Des sous-marins allemands ont attaqué le convoi quittant Halifax et ont coulé plus de trente navires.

La fille poussa une exclamation de surprise.

"Les journaux donneront la nouvelle demain", a ajouté James. Bien sûr, ils minimiseront l'événement, mais cela a été un coup dur pour nous

"Eh bien, ma chérie," répondit-elle, "après tout, ce n'était pas de ta faute,

"Non. Ni moi ni aucun des autres officiers impliqués dans le regroupement du convoi, mais le vice-amiral semblait voir un suspect en chacun de nous.

Nell a détourné la conversation ailleurs.

"Allons-nous sortir ce soir?" Il a demandé.

"Merde si j'ai envie d'aller quelque part," répondit James. Je pense que je vais me coucher sans dîner, comme quand j'étais enfant et que j'avais une crise de colère. Tout ce que je mangerais me ferait du mal.

Après l'accident du convoi, d'autres se sont produits en l'espace de quelques jours.

C'étaient peut-être des choses insignifiantes, mais cela additionné, ils sont venus inquiéter les autorités maritimes de Boston.

James était dans son bureau en train d'examiner des papiers relatifs à l'activité souterraine effervescente de l'ennemi.

Peu importe combien il y pensait, il ne se souvenait pas d'avoir commis une quelconque imprudence.

Il était à ce point dans ses pensées quand on frappa discrètement à la porte de son bureau. James a donné la permission d'entrer et un marin se tenait devant lui qui lui a dit qu'une femme qui attendait dehors demandait à le voir.

"Une femme ?" demanda James, intrigué. Était-ce sa sœur ? Ou peut-être ta mère ? Il en doutait car ils n'auraient pas marché avec une telle cérémonie, mais seraient entrés par effraction dans le bureau.

Nell ?

Le meilleur moyen de sortir du doute était de voir son visiteur et il dit au marin :

"Eh bien. Fais-le arriver.

Il attendit que la dame apparaisse avec une réelle curiosité, debout derrière la table. Le marin ouvrit à nouveau la porte, laissant la place à une femme que James regarda attentivement.

Était très jeune. Malgré ses robes noires et l'absence totale de maquillage, il était difficile d'imaginer qu'elle avait plus de vingt ans.

La peau était lisse et blanche, et le visage, ovale et parfait, était couronné de beaux cheveux bruns. Tout en elle rayonnait de distinction, d'harmonie et de vitalité.

La jeune fille s'avança résolument vers lui, esquissant un sourire non sans tristesse et le marin pensa que ce sourire lui rappelait quelqu'un qu'il avait vu sourire comme ça.

Il sortit rapidement de derrière la table et s'avança vers son visiteur.

« Voulez-vous vous asseoir, s'il vous plaît ? » dit-il en désignant l'une des chaises. Comment puis-je vous aider?

La fille s'assit sans le quitter des yeux. James l'a fait devant elle et la fille lui a demandé :

« Êtes-vous le capitaine Hunter ?

Sa voix était fine et bien timbrée. James hocha la tête, tout en répondant :

« James Hunter, pour vous servir.

« Je suis Nell Lawson. Te souviens-tu de mon frère ?

Elle se recula légèrement alors que James la fixait, la bouche grande ouverte d'étonnement.

Et sa perplexité ne connut aucune limite lorsque le marin se leva d'un bond et s'écria :

« Mon Dieu ! Alors qui est l'autre ?

"Non... je ne comprends pas ce que tu veux dire," répondit-il.

James s'arrêta devant elle, qui était regardée par des yeux bleus, virils, pleins de sévérité.

« Il est naturel que je ne comprenne pas. Êtes-vous vraiment Nellie Lawson ?

"Bien sûr," répondit-elle surprise. " Je peux te le prouver, si tu veux.

Elle commença à ouvrir son sac, mais James la coupa d'un geste.

"Non, ce n'est pas exact", a-t-il dit.

Maintenant, il était sûr que c'était la vraie Nell. Non seulement à cause de la confiance avec laquelle elle l'a déclaré, mais aussi à cause de la ressemblance avec Lawson qu'elle pouvait lire sur son visage.

Le sourire était presque identique à celui du Canadien.

Mais alors, qui était l'autre, celle qui se faisait passer pour Nell quinze jours auparavant ?

Un soupçon se niche dans son cerveau. Un terrible soupçon qui lui fit se mordre la lèvre.

« C'est naturel que je ne le comprenne pas », répéta-t-il enfin en regardant son visiteur, mais l'esprit ailleurs ». Très naturel. Et je suis un con. Un tel idiot aura du mal à en trouver un autre.

Il se dirigea vers la fenêtre, suivi du regard perplexe de Nell, et resta quelques secondes à regarder la rue.

Puis il se retourna. La scène de l'hôpital allait se répéter, mais maintenant avec la vraie Nell Lawson.

Elle était probablement venue lui rendre visite pour avoir des nouvelles des derniers instants de son frère.

Mais à ce moment-là, il n'était pas en mesure de penser à autre chose qu'au sinistre complot qu'il venait de découvrir, auquel il avait collaboré avec son idiotie.

"Mlle Lawson," dit-il, faisant face à la fille. Je suppose que vous êtes venu me voir pour vous donner des détails sur la mort d'Henry, n'est-ce pas ?

"Pour cela et pour le rencontrer", répondit la jeune femme avec la plus grande simplicité.

"Comment n'est-ce pas arrivé plus tôt?

« Je travaille à Montréal dans un bureau militaire » fut la réponse. Je n'ai pas pu obtenir d'autorisation jusqu'à maintenant. Il m'a fallu beaucoup de travail pour te trouver.

"Je comprends," marmonna James.

Ses yeux lui étaient irrésistibles, mais il devait voir le vice-amiral Cramer immédiatement, le plus tôt possible, pour réparer le mal qu'il avait inconsciemment causé.

Nell le regardait, attendant. James se pencha vers elle et lui prit les mains.

"Je ne peux pas m'occuper d'elle maintenant", a-t-il déclaré. J'ai quelque chose de très urgent à faire et vous devez m'accompagner.

"Moi?" La question de Nell respirait la stupéfaction. La jeune fille s'est levée et a dit avec une certaine réserve ». Je ne comprends pas pourquoi je dois l'accompagner.

"Nous devons aller voir mon patron," répondit James. Nous devons résoudre quelque chose d'extrêmement important qui vous concerne également de manière indirecte.

Nell a montré à ce moment-là qu'elle avait ses propres idées et suffisamment de détermination pour s'y tenir.

"Non," répondit-il. Je ne dois aller nulle part sans savoir quoi faire.

Hunter la regarda légèrement irrité. La fille était presque aussi grande que lui, et maintenant qu'il la regardait mieux, il comprenait sans aucun doute qu'elle était bien la sœur d'Henry. De plus, une deuxième tromperie sur le même sujet était difficile.

« Asseyez-vous, dit-il. Comme je n'ai pas le choix, je vais vous dire quelque chose.

Elle se rassit intriguée. James fit de même et commença par dire :

« Quand Henry est mort, vous m'avez demandé de vous contacter.

« Pourquoi ne l'a-t-il pas fait ? demanda-t-elle avec une certaine sécheresse. « Les commissions des mourants sont sacrées.

James la regarda en silence.

«Je lui ai écrit une lettre, lui donnant toutes sortes de détails sur ses derniers moments. Il vous a également dit que la dernière pensée de votre frère était pour vous. Vous n'avez pas compris ?

"Non," répondit Nell d'une voix tremblante.

"Je suppose. Comment m'as-tu trouvé alors?

« Les journaux ont publié son nom. J'ai tenu à vous rencontrer dès que possible. Pourquoi? Qu'est-ce qui se passe?

— Quelque chose de très sérieux, Nell. Une autre femme se fait passer pour vous.

"À cause de moi?" Demanda la fille, intriguée. De sorte que?

"Pour me tromper" il raconta ce qui s'était passé et la découverte que son arrivée venait de naître, réservant les détails qu'il jugeait appropriés pour ne pas trop aérer, et finit par dire ": Comme vous pouvez le voir, ils m'ont utilisé comme une poupée .

Un court silence suivit ses paroles. Nell regardait d'une manière différente maintenant, avec plus de compréhension dans ses yeux, mélangée à une certaine quantité de chagrin.

"Je suis désolé," murmura-t-il. Est-ce que tu... la veux ?

"Non," répondit-il farouchement. Je me suis demandé maintes fois et la réponse a toujours été négative, mais maintenant... Christ ! ... Je serais capable de la tuer si je la revoyais. Et maintenant, voulez-vous m'accompagner pour voir le vice-amiral ?

À sa grande surprise, Nell secoua la tête.

"Non," dit-il fermement. Et devant le regard étonné de James, il continua : "Je vais te dire quelque chose qui vient de me venir à l'esprit." Et si après cela vous pensez que mon idée n'est pas bonne, j'irai avec vous là où je pense que ma déclaration est nécessaire.

James but matériellement ses mots, se demandant quelle idée était entrée dans cette petite tête entre les sourcils. Nell continua :

« Cela vous fait naturellement mal, n'est-ce pas ?

"Beaucoup," répondit-il amèrement. Évidemment, je peux prouver que j'ai été trompé et qu'ils ne m'expulseront pas de la Marine, encore moins qu'ils me tireront dessus, mais je peux maintenant dire adieu aux positions de confiance réoccupantes.

« A part ça, il sera la risée de ses coéquipiers.

"C'est comme ça. Eh bien. C'est quelque chose que j'ai bien mérité pour ma stupidité.

Il se demanda pourquoi il faisait autant confiance à cette fille, qu'il avait connue quelques minutes auparavant, et aucune réponse ne lui vint à l'esprit, sauf qu'elle était la sœur de Lawson.

"Mais si c'est vous qui réussissez à l'attraper elle et ses complices " parce que vous les avez sans doute ", vos compagnons ne pourraient pas se moquer de vous et ce sera un peu en votre faveur.

James leva son visage vers elle, qui s'arrêta et lui sourit.

« Que pensez-vous de mon idée ?

"C'est dangereux," répondit-il prudemment. « Je ne veux pas dire les risques que je peux prendre, mais qu'ils peuvent se rendre compte de quelque chose et disparaître, avec lesquels mon ignominie serait plus grande. Non, je pense que nous devrions le porter à la connaissance des autorités. Ils ont plus de moyens pour découvrir l'organisation. Soit dit en passant; Il me vient à l'esprit que cela doit avoir des ramifications au Canada. Sinon, comment ma lettre a-t-elle été interceptée?

"Je ne sais pas," répondit Nell. Ses yeux s'embrasèrent et il ajouta : « Je ne pense pas comme vous. Avec un peu de ruse, il pourrait frapper un bon coup pour le compenser de l'amertume qu'il traverse. demandez-leur de continuer la comédie jusqu'à ce qu'ils aient fini de poser le réseau. Eh bien, c'est justement ce que je vous propose.

James réfléchit à la proposition.

Une colère sourde l'envahit lorsqu'il se souvint que la fausse Nell avait joué avec lui comme elle aurait pu jouer avec un caniche et il se dit qu'en effet, il aimerait leur faire comprendre qu'il n'était pas aussi stupide qu'il le paraissait.

"Allez, décide-toi," l'encouragea Nell. Je t'aiderais.

« De quelle manière ?

« Eh bien... je ne sais pas encore, mais nous trouverons sûrement un moyen de le faire. Bien, qu'en pensez-vous?

"Je pense que je vais suivre ton conseil," proposa James. Mais nous ne couvrirons pas plus que ce que nous pouvons mordre. Je veux dire que si nous rencontrons des difficultés, je rapporterai tout à mes patrons.

"Je l'aime comme ça," répondit Nell, les yeux brillants. " Vous verrez comment nous n'échouerons pas. Je vais essayer d'être proche de vous. Pour l'instant, je vais rester dans le même hôtel.

« Premièrement, nous devons nous assurer que cette femme ne la connaît pas.

« Pouvez-vous me le montrer ?

"Si à n'importe quel moment.

"Le plus tôt sera le mieux.

"C'est bon. Je serai avec elle à Cyrus dans une heure. C'est un bar de la rue Concorde. Tu peux y jeter un œil.

"D'accord," répondit Nell. Dans quel hôtel logez-vous ?

James lui a dit.

« Je t'appellerai au téléphone plus tard.

Lorsque Nell, après lui avoir serré la main, quitta le bureau de James, il repensa à la situation et se demanda s'il avait bien fait d'accepter la suggestion de la jeune fille.

Elle se dit que la meilleure chose aurait été de tout savoir de Cramer, mais peu à peu elle redevint excitée à l'idée de faire avaler à la fausse Nell une partie de ses propres médicaments.

Enfin, il décrocha le combiné, la convoquant à Cyrus pour un peu plus tard.

Cet après-midi-là, Nell lui a téléphoné à l'hôtel pour lui dire qu'elle ne connaissait pas la femme se faisant passer pour elle et qu'il n'était pas facile pour elle de l'identifier comme Nell Lawson.

Quoi qu'il en soit, il semblait préférable à James que la fille ne s'enregistre pas à l'hôtel, mais Nell insistait tellement qu'il n'y avait aucun danger qu'elle accepte finalement, lorsqu'elle alla le voir.

"C'est bon. Faites-le, mais avec un autre nom", a-t-il déclaré.

Ils étaient tous les deux assis dans son bureau du Commandement de la Marine.

James a décidé à ce moment-là qu'il aimait Nell Lawson et a parlé à ses sens et à son cœur d'une manière que l'autre femme n'avait jamais atteinte.

"Nous devons vivre prévenus, surtout toi" dit la jeune fille. Pensez-vous qu'il saura faire semblant de manière assez magistrale pour la tromper ?

"Ne t'inquiète pas pour moi," répondit James.

A partir de ce moment, il remarqua la tutelle de Nell Lawson. La jeune fille exerçait sur eux une vigilance discrète.

Ainsi s'écoulèrent encore trois jours, pendant lesquels James fit quelques observations concernant la fausse Nell, qui finirent par confirmer ses soupçons.

Lui et Nell se rencontraient quotidiennement dans son bureau, où ils échangeaient des impressions qui chaque jour avaient une nuance plus intime.

En fait, tous deux étaient attirés et chacun songeait au risque que l'autre pouvait prendre.

Un après-midi, Nell est apparue dans le bureau avec des yeux pétillants.

"Bonnes nouvelles?" demanda James.

Il s'assit à côté d'elle sur le canapé du triplet. La fille répondit :

« Je ne sais pas vraiment, même si je pense que oui. Savez-vous que votre ami rend visite à un autre homme qui vit dans le même hôtel ?

"Non," répondit James, surpris.

« D'après ce que j'ai pu observer, il ne s'agit pas seulement de camaraderie d'espionnage », répondit-elle. Il y a... autre chose. L'amour ou quelque chose comme ça. Et il m'est venu à l'esprit que nous pouvions profiter de cette circonstance.

"Comment?

Nell a expliqué. James n'aimait pas trop l'idée, mais finalement il se laissa emporter par l'enthousiasme de la jeune fille et accepta de jouer la comédie qu'elle proposait.

« Quand le ferez-vous ?

"Ce soir. Je suis en feu et je veux sortir de ce pétrin. Je pense que la seule bonne chose à propos de lui est de te rencontrer.

Nell sourit.

"Je pense qu'Henry aurait aimé t'entendre dire ça," répondit-il.

Lorsque le marin rentra à l'hôtel, la fausse Nell l'attendait, habillée pour sortir. A sa question, il répondit qu'il allait faire des courses.

Puis il a annoncé la nouvelle.

"Jim, mon cher," dit-il. Nous avons peu de temps pour être ensemble. Je serai de retour à Montréal dans deux ou trois jours.

"Mais" protesta-t-il. "Je pensais que tu avais tout arrangé pour rester indéfiniment à Boston.

"Et c'est ainsi, mais de temps en temps je dois jeter un œil à mes affaires" répondit-elle en souriant. Pourquoi ne viens-tu pas avec moi ?

« À Montréal ?

« Non. Maintenant. Je vais faire du shopping.

"Je suis fatigué, Nell," répondit James. Et il a dû mettre toute sa volonté à prononcer ce nom ». J'attends aussi un appel... Et au fait, Nell, je ne savais pas que tu avais une amie dans ce même hôtel. Tu ne m'as jamais rien dit.

Il observa l'effet que ses paroles produisaient sur la femme. Il pinça un peu les lèvres et pâlit légèrement. Cependant, il soutint son regard fixement alors qu'il enfilait les gants.

« Un ami ? Tu te trompes, Jim », a-t-il répondu.

« En tout cas, ce n'est pas moi qui le suis. Lisez ça.

De la poche de sa veste d'uniforme, il sortit un morceau de papier qu'il tendit à la femme, sans lui dire qu'il l'avait écrit lui-même, peu de temps auparavant, défigurant l'écriture.

"Il m'a été livré en bas ce matin", a-t-il déclaré alors qu'elle apprenait le contenu du faux anonyme.

Enfin, il leva son visage empreint de fureur vers James.

"C'est un mensonge!" Il répondit farouchement. Un mensonge infâme, ne pensez-vous pas?

"Je pense la même chose que toi," répondit James. "Bien. Ce n'est pas important.

Elle s'approcha du marin et l'embrassa impulsivement.

"Merci, Jim," dit-il. Merci de m'avoir fait confiance.

Il est parti le laissant seul.

Sans la moindre hésitation, il se mit à fouiller systématiquement les bagages de la femme.

Leur déception fut grande lorsqu'ils ne trouvèrent rien qui leur permettrait de rencontrer les autres composantes de l'organisation.

Bien sûr, la femme se faisant passer pour Nell aurait pris soin de ne pas laisser la moindre trace qui pourrait les aider.

Ils étaient rusés et savaient très bien que toute négligence pouvait leur coûter la vie.

Il décrocha le téléphone et appela la chambre de Nell sans obtenir de réponse.

C'était étrange, étant donné qu'ils s'étaient mis d'accord pour que la fille attende dans sa chambre le résultat de la recherche.

Il sonna à nouveau, mais la cloche sonna avec insistance, en vain.

Je vais attendre un peu, se dit-il.

Mais l'agitation le dominait. Sans savoir pourquoi il sentait que la fille était en danger.

En vain elle essaya de se calmer et décida finalement d'appeler le « comptoir », pour lui demander si on l'avait vue partir.

"Oui, monsieur", répondit la voix du directeur. Elle est partie il y a quelques minutes accompagnée d'un homme.

« Par un homme ? demanda James. Comme c'est bizarre ! » murmura-t-il.

L'alarme a sonné des clairons dans son cerveau, mais les mots suivants du greffier ont dissipé ses soupçons,

« C'était une amie à elle de Montréal, dit-il.

James raccrocha le combiné rassuré sur ce point.

Nell n'avait sûrement pas eu d'autre choix que de sortir. Il ne lui était pas venu à l'esprit qu'elle n'avait pas besoin de donner au commis du comptoir une explication concernant l'identité de l'homme qui l'accompagnait.

En tout cas, elle aurait pu l'appeler dans son bureau ou sa chambre pour lui dire.

Il fumait, plongé dans ses pensées, lorsque la porte de la chambre s'ouvrit.

« C'est toi, Nell ? Il a demandé.

"Oui" était la réponse. La femme se faisant passer pour la fille apparut devant lui, le saluant.

"Bonjour chéri.

Il l'embrassa brièvement et alluma d'autres lumières dans la pièce.

"Que faisiez-vous?" Il a demandé.

"Je réfléchis," répondit James. J'attends avec impatience la fin de cette foutue guerre.

"Nous l'avons tous, Jim," répondit-elle. Hey Ma chère. J'ai quelque chose à te dire.

James était de garde. Elle lui a demandé:

« Vous êtes-vous encore reposé ?

"Oui, Nell, qu'est-ce que tu veux ?

« Je me demande si vous pourriez vous joindre à moi ce soir.

"Où ?

« À une soirée » il s'éclaircit la gorge et ajouta « : Tu vois. Cet après-midi j'ai rencontré des amis de Montréal. Je ne savais pas qu'ils étaient là... Qu'est-ce que tu regardes ?

James la fixait. Je me demandais si l'un de ces amis ne serait pas le même avec qui Nell avait quitté l'hôtel quelques minutes auparavant.

"Je me demande si c'est celui auquel l'anonyme faisait référence", a-t-il répondu.

Il la vit faire un effort pour sourire.

« N'étions-nous pas d'accord pour dire que tu pensais que c'était un mensonge ? Il a demandé.

"Oui, mais parfois je ne peux pas m'empêcher de penser... Eh bien. Vous avez trouvé ces amis. Que s'est-il passé ?

« Ils ont organisé une bonne fête pour ce soir et ils m'ont invité à y aller. Je ne me suis pas engagé fermement. Si vous voulez m'accompagner, nous irons. Sinon...

« Mais, Nell, tu sais que tu es très habile à faire ce que tu aimes le plus. Vous pouvez y aller seul...

L'alarme lui criait un avertissement. Il fallait être prudent. Peut-être que ce comédien voulait le conduire dans un piège.

Ces amis dont il parlait étaient probablement ses complices et il allait se mettre dans la gueule du loup.

"Eh bien," se dit-il. Après tout, vous étiez très intéressé à les découvrir. Eh bien maintenant, vous pouvez avoir la chance. Peut-être qu'ils pensent que vous êtes assez mature pour proposer quelque chose...

La vérité était qu'il ne croyait pas que cette femme allait le mettre dans un piège.

Ils n'étaient pas, ne pouvaient pas être, au courant du plan que lui et Nell étaient en train de découvrir. De toute façon, ils se limiteraient à rencontrer et à bavarder avec l'idiot qui jouait à leur jeu.

"Je ne veux pas partir sans toi, Jim", répondit la femme. Si tu ne viens pas, je resterai ici.

« Voudriez-vous vraiment y aller ?

"Allez comprendre. Ce sera une bonne fête.

"Où se trouve?

« Ils ont loué un chalet à la périphérie.

« Eh bien. Nous allons y aller », a décidé James.

Elle rayonnait. Malgré tous ses efforts, James ne trouva aucune trace de triomphe dans son sourire.

Avant de partir, pendant que la prétendue Nellie Lawson mettait la dernière main à votre maquillage, James fut une nouvelle fois envahi par l'étrange sensation qu'il marchait vers un piège, mais il ne voulait pas faire demi-tour.

Il avait été stupide d'accepter la suggestion de Nell.

Il était très clair qu'ils ne pouvaient rien faire tous les deux contre cette organisation composée d'êtres intelligents déterminés à tout.

Cependant, il pouvait encore prendre une décision avant qu'il ne soit trop tard, et, déterminé, il s'assit à table et écrivit quelques lignes sur un papier qu'il mit dans une enveloppe, sur laquelle il tamponna l'adresse du vice-amiral Cramer.

Elle est sortie au moment où il l'a mis dans sa poche.

"Qu'est-ce que c'est ?" Il a demandé.

James alluma négligemment une cigarette. Si ses soupçons étaient vrais, maintenant, plus que jamais, il devait le cacher.

« Une lettre pour ma mère », dit-il. Êtes-vous prêt

"Oui, quand tu veux.

Avant de partir, il s'assura qu'il avait l'arme dans sa poche arrière et respecta calmement cette fin, ferma la porte et se tint à côté de la femme, attendant l'ascenseur.

Une fois dans le hall, il regarda des deux côtés, ne voyant aucun signe de Nell. Il s'est approché du comptoir et a remis la lettre au gérant.

"Veuillez le poster," dit-il, lui donnant un léger signe d'intelligence.

"Je le ferai, monsieur", a répondu le greffier.

Alors qu'il se dirigeait vers la sortie accompagné de la femme, le commis lut l'enveloppe :

À remettre en main propre, dans l'heure qui suit, au vice-amiral Cramer », a-t-il lu.

L'adresse du marin était inscrite ci-dessous, et le greffier poussa un sifflement d'étonnement, bien qu'il ne sût pas exactement à quoi il avait affaire.

Dès que le couple est monté dans la voiture qui les attendait devant l'hôtel, un autre véhicule s'est détaché de l'allée où il était garé et les a suivis dans les rues, alors très fréquentées.

Le conducteur devait être très habile, car il ne laissait pas la voiture qu'il poursuivait s'éloigner de la sienne, malgré le fait qu'à deux reprises il était sur le point de le perdre de vue dans la circulation dense.

Ils se retrouvèrent enfin sur l'Albany Highway, qui longeait les méandres de la Charles River, et le poursuivant éteignit ses phares, roulant dans le noir, au risque même de percuter un arbre, pour ne pas être découvert.

Quelques minutes plus tard, la voiture que conduisait James s'est engagée sur une route secondaire sur une indication de son compagnon.

« Est-ce que cela prendra longtemps ? » demanda James.

"Non," répondit-elle. Nous arrivons.

Enfin, un chalet, plutôt une villa dans ses proportions, apparut devant ses yeux.

C'était un bâtiment de style victorien, entouré d'un jardin, et présentait un aspect déplorable, en raison des modifications d'air modernes apportées à sa façade.

La porte du jardin était ouverte et apparemment personne ne la gardait.

James avait le bout de la langue de demander à la femme assise à côté de lui comment elle connaissait si bien l'emplacement du chalet, mais même s'il était sûr qu'elle avait été là avant ce moment, il ne dit rien.

La grille du jardin se referma silencieusement derrière lui, sans qu'il s'en aperçoive.

L'homme qui la conduisait n'apercevait pas la petite voiture qui s'arrêtait à ce moment sous les arbres touffus qui bordaient la route, ni l'homme qui en sautait, s'approchant de la maison avec des mouvements furtifs.

Il y avait quatre ou cinq voitures devant. James arrêta celui qui conduisait à côté d'eux et, alors qu'il en descendait, commenta :

"Wow. Il semble que nous soyons arrivés les derniers.

"Peu importe. Ce sont des gens dignes de confiance.

Les fenêtres de l'appartement étaient entièrement éclairées et une lumière vive sortait des fissures des rideaux tirés, transformant l'obscurité en semi-obscurité.

James et la femme s'avancèrent vers la maison et elle frappa à la porte, qui s'ouvrit, comme s'ils attendaient de l'intérieur.

James et la fille passèrent dans le hall éclairé et la porte se referma derrière eux, donnant à James l'impression que le piège dans lequel il venait d'être emprisonné se refermait.

Et à ce moment-là, il était plus que jamais heureux d'avoir remis la lettre au vice-amiral Cramer au directeur de l'hôtel Amarillo.

L'homme qui leur avait ouvert était un grand type trapu avec un crâne volumineux, qui rappelait vaguement à James quelqu'un.

Il était sûr de l'avoir vu, même s'il ne savait pas exactement où.

"Bonjour, Maître", dit-elle. Voici le capitaine Hunter. C'est mon ami, dont je t'ai déjà parlé.

"Ravi de vous rencontrer" dit Maître en tendant la main avec un large sourire qui effaça presque les soupçons du marin. " Voulez-vous aller au " salon " ?

« Sont-ils tous arrivés ?

"Oui," répondit Maître.

Les dix ou douze personnes, hommes et femmes, qui se trouvaient dans le hall, se tournèrent vers la porte lorsque Jacques et ses compagnons apparurent.

Décidément, cela avait, en effet, le caractère d'un parti, dans lequel, apparemment, il n'y aurait pas trop de respect des normes sociales.

Les hommes étaient en manches de chemise et ils avaient des tasses ou des morceaux de gâteau ou des cupcakes à la main et chacun avait réussi à trouver une place.

Une musique douce provenait de la terrasse qui surplombait l'arrière du jardin, et l'ensemble était agréable et inspirait confiance.

Mais surtout, James ressentait une sorte d'atmosphère indéfinissable, comme si tout le monde dans la pièce s'attendait à ce qu'il se passe quelque chose d'un instant à l'autre.

"Les gars, c'est Hunter," dit Maître. Vous connaissez tous Nell, donc inutile de la présenter.

Il l'avait appelée Nell.

Ce petit détail convainquit James que tout le monde était conscient de sa fausse personnalité et il ne faisait plus aucun doute qu'il était entouré d'espions de toutes parts.

Des espions simulant une joyeuse réunion de chômeurs, peut-être au cas où la police déciderait d'intervenir.

Bien. Ils ne vous prendraient pas au dépourvu. Si quelque chose était tenté contre lui, il essaierait de gagner du temps.

Il était presque content de penser qu'il avait été celui qui avait mené le contre-espionnage dans l'antre des espions, et il commença à prétendre qu'il s'amusait tout en gardant les yeux grands ouverts.

Où serait Nell ?

Il était content d'avoir pu l'éloigner de tout cela, car la jeune fille ne cesserait pas d'être un obstacle si le moment venait de devoir recourir à la fuite.

Il dansa quelques morceaux avec la contrefaçon Nell qu'il connaissait et but quelques verres, assez pour ne pas attirer l'attention, mais pas assez pour brouiller sa clarté de jugement non plus.

Au moment où il retourna dans la salle, Maître s'approcha de lui.

"Hunter, viens avec moi" dit-il. Il y a une personne qui vous attend en haut.

Il souriait de bonne humeur quand il l'a dit.

James, sans savoir pourquoi, était certain que ces bandits perdraient bientôt leur masque de bonté.

Il regarda l'horloge. Cela faisait à peine une demi-heure qu'il avait quitté l'hôtel.

Derrière Maître et suivi de la femme, il monta l'escalier tapissé qui menait au deuxième étage. Une fois là-bas, Maître a frappé à l'une des portes et a fait un geste invitant.

James réussit à franchir l'entrée d'un bureau somptueusement meublé, mais avait à peine fait quelques pas à l'intérieur de la pièce quand il fut cloué au trottoir.

« Nell ! » Il cria.

Son exclamation était confondue avec le bruit de la porte qui se refermait et le rire ironique du Maître.

"Nous avions raison, Lorna," dit-il. Il ne nie pas qu'ils se connaissent.

"109

James serra les dents de fureur contre sa stupidité, bien qu'il ait le facteur surprise comme excuse.

Nell était assise dans un fauteuil derrière le bureau du bureau, pâle comme un cadavre, et elle ne trouvait même pas la force de lui sourire.

Le marin se tourna vers la porte. La gentillesse avait disparu du visage de Maître, qui le regardait d'un air renfrogné.

A côté de lui, un homme maigre, aux pommettes hautes et aux yeux vifs sous un front qui s'étendait jusqu'au milieu du crâne à cause de sa calvitie, le regardait aussi, tenant un automatique dans ses mains.

Un peu en retrait, Loma « venait enfin de découvrir son nom », lui sourit sarcastiquement.

"Bien," dit froidement James. Maintenant, nous jouons avec les cartes en vue. Qu'as-tu prévu de faire?

"Peut-être que quelque chose dépend de vous," répondit Maître. Allez, Walter, explique...

"Pas encore", répondit l'individu squelettique. « Asseyez-vous. Non, pas là », dit-il rapidement, lorsqu'il vit que James se dirigeait vers une chaise située près d'une fenêtre ». Là. Devant son amie.

James l'a fait.

« Quoi de neuf, Nell ? demanda-t-il en souriant pour l'encourager.

« Il semble que nous ayons été chassés comme des lapins. Comment était le vôtre ?

« Un homme s'est présenté dans ma chambre d'hôtel, alors que j'attendais votre appel. Il m'a dit que vous l'envoyiez m'emmener au bureau du vice-amiral Cramer, où vous vous rencontriez. J'ai pensé que c'était un imbécile. En traversant le hall, il m'a indiqué que je devais dire au directeur que nous étions... amis.

"Je comprends," marmonna James. C'était aussi facile que le mien. Maintenant s'ils me disent qu'ils font semblant...

"Nous voulons savoir," répondit Walter. Vous avez fouillé les bagages de Lorna hier. Elle "a pointé du doigt Nell" a avoué qu'ils s'entretiennent depuis cinq jours.

"Eh bien. Eh bien, vous savez tout", répondit James en souriant.

Les yeux du squelette se durcirent.

« Vous êtes très caustique, Hunter, mais nous le sommes encore plus. Ce que nous voulons savoir, c'est qui lui a ordonné de suivre la comédie, sachant que Lorna se faisait passer pour Nell Lawson. Nous voulons que vous nous disiez ce que ces agents de contre-espionnage de la Marine savent de nous. Savez-vous pourquoi nous sommes réunis ici ?

"Je suppose. Vous avez ramassé des bougies et vous vous préparez à fuir, si les choses vont aussi mal que vous le pensez.

"Vous êtes très intelligent, mais cela ne vous fera aucun bien," menaça Maître. Je vais lui laisser le visage que ni sa propre mère ne le connaîtra. Je vais manger ton foie.

Il était furieux de l'échec final de leurs plans et de ne pas savoir ce qui était prévu contre eux pour le moment.

C'était dangereux, mais James ne put s'empêcher de le taquiner.

"Doux!" dit-il en souriant.

Maître renifla de rage et se jeta sur lui. James se leva, prêt à repousser l'attaque malgré le pistolet de Walter, mais Walter cria :

"Encore!

Le Maître a baissé les poings et a grincé des dents de colère.

Lorna gloussa brièvement. Elle était assise près de la porte, observant la scène avec un intérêt évident, mais James ne pouvait pas comprendre la raison de son amusement apparent.

« Est-ce qu'il parlera ou pas ? demanda Walter.

"Je suppose que je n'aurai pas d'autre choix", répondit James, "mais d'abord je veux demander quelque chose. Comment la lettre de Nell a-t-elle été interceptée ? Comment ont-ils su qu'elle était venue ?

"Je sais, Jim," répondit la fille. C'était Jane Barnet "et devant le geste d'ignorance du marin, elle a précisé" : c'est ma colocataire. Elle travaillait dans le même bureau que moi et nous étions comme des sœurs. Apparemment, elle est alliée à... avec ces... "elle n'a proféré aucune insulte". Je lui ai écrit d'ici pour lui dire de m'envoyer des bagages, car je t'avais trouvé et j'avais l'intention de passer plus de temps que prévu. Imaginez... j'ai été un imbécile, un...

« Ne t'inquiète pas, Nell. Tu ne pouvais pas savoir qu'elle était une vulgaire traîtresse à son pays.

Le Maître était à nouveau enragé. Ce type était dangereux, mais peut-être pas aussi dangereux que le froid Walter.

"Jane n'a trahi personne", a-t-il déclaré. Ses parents étaient allemands et elle se devait à la patrie de ses parents.

"Oui ?" James demanda sournoisement.

« Maintenant, vous savez tout et vous pouvez abandonner ce que vous savez.

Le marin était silencieux.

Il était clair que s'il disait à ces hommes qu'ils avaient agi seuls, ils les tueraient tous les deux pour qu'ils puissent fuir plus librement.

Désormais, tout dépendait de lui. De lui et Cramer. Le succès et la vie ou l'échec et la mort dépendaient de la rapidité avec laquelle il mettait ses hommes en mouvement.

Il se leva lentement de sa chaise et fit quelques pas, suivis par la menace du pistolet dans la main de Walter.

Alors qu'il mettait ses mains dans les poches de son pantalon, il sentit derrière lui la tension causée par sa propre arme et se félicita de ne pas avoir été fouillé.

« Congelez où il est ! » Maître menacé.

"Laisse-le," répondit Lorna avec ironie. Peut-être avez-vous besoin de vous concentrer.

Gagner du temps. C'était ce dont il avait vraiment besoin. Jamais comme alors il n'avait compris la valeur des minutes, voire des secondes.

"Tu es abominable," lança-t-il au visage de la femme. « Personne ne serait capable de faire ce que vous avez fait.

"Ne me le dis pas," répondit-elle sarcastiquement. Va-t-il me faire un discours moralisateur ?

"Non. Je suppose que ses parents seraient aussi allemands.

"Mes parents et moi. Ils m'ont amené ici quand j'étais très jeune.

« Bien, Hunter. Nous attendons. » La voix de Walter était froide et métallique.

« Si je te disais qu'à part Nell et moi, personne ne savait rien, tu ne me croirais pas, n'est-ce pas ? demanda James, face au canon de son pistolet.

"Bien sûr que non. Ne venez pas à nous maintenant avec des histoires ", répondit Maître avec exaspération.

"Chut, Maître. Est-ce vrai? "Demanda doucement Walter.

"Non. Ça ne l'est pas. Les agents du service de contre-espionnage savent tout," James a menti. d'entre eux nous auront suivis...

Walter secoua la tête en faisant claquer sa langue.

"Il ment, Lorna l'a amené ici", a-t-il dit.

"Mais nous étions sous surveillance," répondit chaleureusement James. Quelqu'un a dû nous voir sortir de l'hôtel...

"C'est un mensonge," explosa Maître. " Tu ne comprends pas, Walter ? La première chose qu'il a dite est la vérité. Ils voulaient résoudre le problème par eux-mêmes. Pourquoi ne pas nous prendre et nous livrer aux autorités liées côte à côte ?

James jeta un coup d'œil à Nell et, subrepticement, à l'horloge. Il était onze heures du soir, ce qui signifiait que sa lettre allait maintenant arriver entre les mains de Cramer.

Nell était très pâle, mais elle essayait de rester calme. Le jeune homme pensa que le moment était venu d'agir. Il ne savait pas comment, mais la conversation était épuisée et la fin, quelle qu'elle fût, proche.

"De toute façon, la fin de vous deux sera la même" dit froidement Walter. Ils sont un danger pour nous et ils doivent mourir. Ensuite, nous nous dissoudrons dans le pays jusqu'à ce que la tempête soit passée.

James fit quelques pas vers Nell.

« Est-ce qu'ils prévoient de nous tuer ? » Il a demandé.

Walter hocha la tête.

« Sortez », a-t-il dit.

Lorna se leva et Maître se dirigea vers la porte et l'ouvrit. Walter dit encore :

Allez, sors.

Ce que je n'ai pas fait maintenant, je ne le ferais jamais.

Nell poussa un faible cri lorsqu'elle fut violemment poussée et tomba au sol.

Au même instant, James s'accroupit derrière la table et tira le pistolet.

Le projectile de Walter fila au-dessus de sa tête et tira en dessous à son tour.

Le petit homme grogna de douleur et laissa tomber le pistolet alors qu'il se sentait mal au ventre.

Le maître a sauté du bureau, poursuivi par un coup de feu, et Lorna est allée lui emboîter le pas, mais James a crié :

« Gelez où vous êtes ou je vais vous abattre ! »

La femme leva les bras et se tourna vers lui avec un froncement de sourcils féroce sur son visage.

Des pas précipités commencèrent à se faire entendre dans les escaliers.

James a crié :

"Ferme la porte!

"Viens la fermer," répondit-elle.

Il devait risquer d'être abattu par Maître, mais il était essentiel que la porte soit fermée avant que cette foule d'hommes désespérés ne prenne d'assaut la pièce.

James sauta de derrière la table jusqu'au mur et courut à côté, pointant toujours Lorna.

Arrivé à la porte, il tira deux fois vers l'escalier et eut la satisfaction d'entendre un cri de douleur.

Puis il claqua la porte et tira le verrou, s'éloignant d'elle.

Un cri d'avertissement de Nell a été confondu avec le claquement des portes qui ont déchargé de l'extérieur sur la planche de bois.

« Attention, Jim !

James se retourna rapidement.

Walter avait réussi à ramper un peu dans son propre sang et tenait à nouveau le pistolet.

James alla appuyer sur la gâchette, mais à ce moment-là des coups de feu retentirent et les projectiles transpercèrent le bois avec des clics aigus, mettant fin à l'action de Walter.

Ils tiraient la serrure. Lorna lui faisait face de l'autre côté de la porte, le visage sombre.

« Les rôles ont été inversés, ma chère, » dit-il avec ironie. Pourquoi n'utilises-tu pas ton sarcasme maintenant ?

« Penses-tu pouvoir sortir d'ici vivant ?

« Qui en doute ? Ce que j'ai dit était vrai. Écoute.

Lui et Lorna tenaient leurs oreilles par la fenêtre.

Et, à la surprise de James, des voix autoritaires résonnèrent à l'extérieur, le faisant haleter.

Était-il possible que ce soit Cramer ?

Il regarda l'horloge. Non, il n'aurait pas pu mettre ses hommes en mouvement en si peu de minutes, encore moins y être arrivé.

A moins que la lettre n'ait été remise avant l'heure convenue.

"Qu'en penses-tu?" Il a demandé à Lorna.

"Tu es un... un..." s'exclama-t-elle les yeux pétillants.

Les hommes à l'extérieur durent également entendre quelque chose d'inhabituel, car leurs voix agitées ne se faisaient plus entendre dans le couloir.

"Ils se préparent à résister", dit James à Nell, qui s'était approché de lui. Pouvez-vous manipuler une arme à feu ?

"Un peu," répondit-elle. Henri m'a appris.

"Prends celui-là" il montra celui de Walter. Nous devons désactiver la gentille Lorna "Nell a ramassé le pistolet du mort non sans une certaine appréhension et James a commandé à nouveau": Apportez les cordons des rideaux.

Peu de temps après, coïncidant avec le premier coup de feu, qui annonçait que les espions se préparaient à se défendre jusqu'au bout, Lorna leur lança des invectives totalement inoffensives, étroitement attachée à une chaise.

« Quelle langue, mon Dieu, quelle langue ! Dit James, scandalisé. " Et dire qu'il y a des femmes qui peuvent parler comme ça. Attention, Lorna, mon amour ! Si tu bouges violemment tu peux renverser la chaise.

La femme brillait dans ses yeux, furieuse comme une harpie.

Pour James, ce moment était doux comme un nectar, réalisant qu'enfin, il allait triompher de la réunion. Nell s'approcha de lui.

"Regardez-la", dit le marin. Depuis plusieurs jours, nous jouons à qui trompe qui et enfin...

Une voix tonitruante de l'extérieur l'interrompit. Celui qui a parlé l'a fait à travers un haut-parleur

et son avertissement a rempli toutes les zones de la maison.

"Rendez-vous ! Ils sont clôturés et n'ont aucune chance de s'échapper.

James fronça les sourcils de surprise. Il connaissait cette voix.

« Mais, c'est Sturges ! Il s'est excalmé.

Les choses ont continué à prendre une tournure favorable. Maintenant, il suffisait que Cyrus Sturges ait suffisamment de forces pour prendre d'assaut la villa avant que ses occupants ne parviennent à s'introduire dans le bureau.

Une volée fut la réponse à l'intimidation de Sturges.

Avec elle, les espions ont défini leur attitude. Ils ont préféré vendre leur vie chèrement pour se rendre.

La fusillade est devenue générale et des traînées de lumière ont commencé à pénétrer par les vitres, provenant des phares des voitures qui entouraient la maison de tous côtés.

"Nell, nous devons faire quelque chose," dit James. Aide-moi.

Entre eux deux, ils placèrent des meubles derrière la porte, mais les défenseurs de la maison semblaient très occupés à repousser l'attaque de leurs ennemis, car ils les ignoraient.

Ainsi s'écoula une demi-heure pendant laquelle il fut convaincu qu'ils avaient tous les deux oublié.

"Nous devons faire pour aider les étrangers", a-t-il déclaré.

Les tirs des défenseurs du chalet étaient de moins en moins nourris, signe certain qu'ils subissaient des pertes.

Le plus confortable aurait été d'attendre la fin de la mêlée dans la relative sécurité du bureau.

Mais la présence de Sturges là-bas a donné à James des soupçons qui n'étaient pas du tout agréables, et il se dit que plus sa coopération était grande, moins ses compagnons doutaient de lui.

— Je sors, Nell, dit-il. Occupez-vous de cette sorcière.

« Ne le fais pas, Jim. Dans quelques minutes tout sera fini.

Le marin la prit affectueusement par les deux épaules.

« Je dois le faire, Nell, tu ne comprends pas ? Ma situation est très délicate. Dans le meilleur des cas, je me suis fait avoir et je dois coopérer le plus possible.

Elle déglutit difficilement et secoua la tête.

"Je pense que tu as raison," dit-il. Mais, pour l'amour de Dieu, Jim, fais attention.

Il lui serra doucement les mains et commença à retirer sans bruit les meubles entassés derrière la porte.

Puis il décrocha le loquet et l'ouvrit lentement.

Le bruit des coups de feu venant d'en bas est devenu plus distinct.

Avant de sauter hors du bureau, James regarda par la porte entrouverte, mais ne vit personne.

L'odeur de poudre à canon lui fit mal aux narines alors qu'il sortait prudemment la tête.

Immédiatement, il a été attrapé par le cou et jeté dehors et quelqu'un lui a donné une terrible poussée qui l'a projeté contre la balustrade de l'escalier.

James a perdu l'arme dans l'accident.

Il a remué comme un chat et a pu regarder le visage pervers du Maître.

Le marin s'est renversé lorsque le mastodonte a appuyé deux fois sur la détente.

L'un des projectiles s'enfonça dans le trottoir, mais l'autre toucha sa cible et James sentit le plomb lui mordre la cuisse droite.

"Je vais te tuer" rugit le géant. Je vais te tuer comme un chien. Je vais tomber, mais toi...

Il se pencha sur James et le souleva avec sa main gauche, le jetant contre le mur.

Le marin tenta de s'y accrocher, mais sa force lui manqua et il s'écrasa contre le mur avec une force bestiale.

Il gémit et glissa le long du mur jusqu'à ce qu'il soit assis sur le sol.

Maître leva à nouveau le pistolet et James ferma les yeux, s'attendant à l'inévitable.

Il a parfaitement entendu trois coups de feu, mais n'a pas ressenti la moindre douleur, et s'est demandé comment il était possible que Maître ait raté les coups de feu à cette distance.

Au milieu des brumes qui luttaient pour s'emparer de son cerveau, il le vit chanceler et, stupéfait, tourna la tête vers la porte du bureau.

Nell était là, tenant le pistolet de Walter, avec lequel il avait tiré. Maître la regarda aussi surprise que lui.

Sa force devait être énorme, car, bien qu'ayant concédé les trois projectiles, il luttait toujours pour ramasser le pistolet qui était tombé au sol.

Enfin, il réussit et tituba devant Nell, sa main gauche serrant son côté.

« Tire... Nell ! » s'exclama James d'une voix rauque.

Une sorte de tonnerre vint de la main de la jeune fille, qui ferma les yeux en même temps.

Maître grogna et recula de quelques pas. Il essaya de s'accrocher à la rampe de l'escalier, mais n'y parvint pas, et la descendit dans le couloir, où il resta immobile.

Un homme est sorti d'une des pièces au son de coups de feu.

Il était en manches de chemise, hirsute et sale. Le désespoir était dans ses yeux alors qu'il levait les yeux et quand il vit Nell se précipiter vers James, il lui tira dessus, mais ne parvint pas à l'atteindre.

Puis il a couru à l'étage. Nell lui a tiré dessus deux fois.

La seconde, le marteau est tombé dans le vide et la fille lui a lancé le pistolet. L'homme passa sa tête autour d'elle et continua, pinçant furieusement les lèvres.

Nell se blottit contre James, déterminée à le protéger. Ses yeux tombèrent sur le pistolet du marin tombé par la rambarde et il courut vers elle, avant qu'il ne réussisse à l'atteindre, l'homme tendit la main et pointa son arme sur elle.

"Geler ...!" Il rugit.

Comme si son cri avait été un signal, un rugissement d'enfer résonna dans la salle.

Les projectiles ont été bombardés par dizaines, tous en même temps.

Des morceaux de bois de la balustrade ont volé dans les airs, mélangés à des éclats de plâtre du plafond.

L'homme gémit et tomba en arrière criblé de balles. Nell associa son gémissement à un évanouissement.

— Oui, répondit le vice-amiral avec irritation. « Bien sûr que j'ai reçu votre lettre, mais ce que vous auriez dû faire, c'était de porter votre découverte à l'attention de Sturges ou de moi. Cela aurait été plus facile pour tout le monde.

"Je suis désolé, M. J'ai dû être celui qui les a démasqués. C'était mon devoir, puisque j'ai été dupé comme un Chinois.

"Cela vous aidera à être plus prudent à l'avenir", a déclaré Sturges. "Au fait. Vous n'aviez pas besoin d'être à court de mouchoirs pour vous diriger vers le vice-amiral Cramer. J'avais déjà localisé tous les membres de l'organisation. Un de mes agents vous a suivi ainsi que Lorna hors de l'hôtel.

James rit doucement. Il était allongé sur le lit dans une grande pièce de l'hôpital de la Marine, et Cramer et Sturges étaient assis à côté de lui.

"Ce qui vous fait rire?" Demanda le premier.

« J'ai dit à Walter, je veux dire l'individu squelettique dont le corps a été retrouvé dans le bureau, je lui ai dit qu'un agent de contre-espionnage m'avait suivi et qu'il ne voulait pas me croire.

— Bien, Hunter, dit Cramer en se levant. « Je suis content que tout se soit bien passé. Sais-tu qu'on en est venu à craindre un instant que tu sois de mèche avec ces scélérats ?

"Moi?" Demanda James avec étonnement. Pour quelle raison devrait-il l'être ?

« Pour l'amour de Lorna, naturellement.

"Ce n'était pas de l'amour que je ressentais pour elle," répondit James. Maintenant je sais.

« Et je suppose que c'est Nell Lawson qui vous a fait remarquer la différence, n'est-ce pas ?

"En effet," sourit James. Hé, Sturges, l'un d'entre eux s'est-il enfui ?

— Personne. Nous avons chargé douze bonnes pièces, dont nous recherchions la plupart. Et les agents du Canada se sont mis en route en même temps que nous. Voyez-vous, Hunter, vous vous êtes exposé en vain.

"Crois-tu?" Demanda ce dernier.

"Bien," concéda Sturges. Ce n'était peut-être pas tout à fait inutile. Au moins, il a blanchi son nom de tout soupçon.

Les deux hommes sont partis, mais la porte ne s'est pas fermée. Nell y apparut, la referma derrière elle et s'avança vers James.

"Comment allez-vous?" Il a demandé.

« Très bien, Nell... tu as été très courageuse d'affronter cette bête. Sais-tu que je te dois la vie ?

Elle rougit intensément.

« Que pourrais-je faire d'autre, Jim ? Il a demandé.

— Vous êtes admirable, affirma-t-il en lui prenant la main. " Mais tu ne sais pas ce que tu as fait. Tu m'as sauvé la vie et maintenant tu devras la garder... toujours.

Il la regarda dans les yeux.

"Ce sera une occupation très agréable, Jim," répondit-elle, ses yeux pétillants de bonheur.

"Je suis content que tu le penses. Au fait, tu m'as dit un jour que les promesses faites aux mourants étaient sacrées. Sais-tu que ton frère m'a fait promettre de t'épouser ?

Nell éclata de rire.

« C'est probablement un mensonge, mais, de toute façon, je suis prêt à exécuter sa dernière volonté.

« Eh bien, il ne l'a pas dit, mais je suis sûr qu'il l'a fait. Nell, nous devons essayer de renforcer les relations de bon voisinage entre nos pays, vous ne pensez pas ?

Elle affirme avec sa tête.

« Eh bien, pourriez-vous me donner un peu d'avance.

Il leva la tête vers elle, lui offrant ses lèvres.

Nell Lawson se pencha légèrement et les frôla de la bouche, mais elle était tombée dans le piège.

Les bras puissants de Jim s'enroulèrent autour de son cou, mais il n'eut pas à forcer pour que le baiser dure éternellement.

FINIR

95

www.ingramcontent.com/pod-product-compliance
Lightning Source LLC
Chambersburg PA
CBHW031355160726
47993CB00002B/983